孩子们必读的诺贝尔文学经典

违背道德的人

【法】A.纪德◎著　黄静雅◎译

·纪德卷·

北京联合出版公司

图书在版编目（CIP）数据

违背道德的人 ／（法）纪德著；黄静雅译． -- 北京：
北京联合出版公司，2015.2（2023.2重印）
（孩子们必读的诺贝尔文学经典）
ISBN 978-7-5502-4493-1

Ⅰ．①违… Ⅱ．①纪… ②黄… Ⅲ．①中篇小说－小说集－法国－现代 Ⅳ．①I565.45

中国版本图书馆CIP数据核字（2015）第010889号

违背道德的人

作　　者：（法）纪德/著；黄静雅/译
选题策划：王成国　郎爱民
责任编辑：王　巍
封面设计：尚世视觉
版式设计：许　可

北京联合出版公司出版
（北京市西城区德外大街83号楼9层　100088）
福州俊丰彩印有限公司　新华书店经销
字数100千字　650毫米×950毫米　1/16　10印张
2015年2月第1版　2023年2月第2次印刷
ISBN 978-7-5502-4493-1
定价：20.00元

未经许可，不得以任何方式复制或抄袭本书部分或全部内容。
版权所有，侵权必究。
本书若有质量问题，请与本公司图书销售中心联系调换。
电话：010-64243832　4006586676

目录

前言 / 1

致内阁总理 D.R. 先生的信 / 4

第一部分 / 9

第一章 / 10

第二章 / 22

第三章 / 30

第四章 / 38

第五章 / 44

第六章 / 47

第七章 / 55

第八章 / 58

第九章 / 62

第二部分 / 67

第一章 / 68

第二章 / 84

第三章 / 109

第三部分 / 129

前言

  我需竭力呈现本书自有的价值。这是一个滋味苦涩的果实,好似生长在沙漠最干旱地区的苦西瓜——吃了不仅不解渴,嘴里还会觉得愈发的灼热,但其在金黄沙地的映衬下,又显露出独有的美态来。

  我如果想把主人公设置成一个杰出典范式的角色,那我必须承认,我这个企图算是失败了。少数几个人对米歇尔的这段经历感兴趣,但也只是借着义正词严的力量,大肆抨击他。而我赋予玛瑟琳多种美德,并非在浪费时间。这样米歇尔把自己看得比她还重,也自然就得不到大家的谅解。

我若怀着写米歇尔的起诉书的心态撰写本书，我也不会得到成功——即使大家对主人公满腔义愤，也不会因此感激我。很显然，这种义愤是在不以我为考量的情况下产生的。有人还会将这种情感延伸到我身上，直接把我当成了他。

本书既不是一部起诉书，也非道歉书。我控制自身，以免仓促做出决定。如今的公众都希望能在故事结尾看到作者的道德倾向。实际上，当故事慢慢发展，读者甚至希望能看到作者的明确立场。希望他明确表示自己偏爱的是阿尔赛斯特还是菲兰特①，是哈姆雷特还是奥菲莉亚，浮士德还是格雷琴②，是亚当还是耶和华。我并不绝对地认为，中立性——差点儿说出"犹疑不决"——是一个优越的头脑是否具有优越智慧的必备指示物，但是我相信，不少伟大的灵魂都拒绝……下结论，更何况，提出问题和假定这个问题已被解决并不是一回事。

我使用"问题"这个词似乎也有点不情愿。老实说，艺术本身并无问题，也不可把艺术作品本身当做解决问题的方法。

在使用"问题"一词时，如果我们的本意指的是"戏码"，那么我要说，本书叙述的悲剧戏码虽存在于主人公的灵魂中，并随之慢慢展开，但也缺乏普遍适用性，也不能就局限在他的个人经历中。我无意假装这里的"问题"一词由我发明——它在我这本书问世之前就已存在。不管米歇尔获胜还是败北，这个"问

---

① 法国古典主义戏剧家莫里哀诗剧《恨世者》中的人物。
② 二者均为歌德作品《浮士德》中的人物。

题"将继续存在，作者也不认为可以凭此论成败。

如果某些显赫人士拒绝承认，该戏码不过是一个特殊而不寻常现象的逐步发展，而本书的主人公不过是一个生了病的个体，他们就无法看出主人公具有的有趣且重要的大量思想。那这错就不在这些思想或这出戏，而在作者。我是说，都是作者技巧的匮乏，导致即使他在本书中倾注了全部热情、流干了全部泪水和投入了一切关爱，也于事无补。但是一本书真正的意义和读者对其的感兴趣程度，是截然不同的两件事。我宁愿拿着好作品受人冷落，也不屑只图眼前的成功，哗众取宠、吸引大众眼球，我并不觉得这样是骄傲自负的表现，反而应被看成具有长远眼光。

现在，我什么也不想证明，只求认真画好这一幅画，并让它绽放光彩。

致内阁总理 D. R. 先生的信

西达贝·姆，189X年7月30日

  是的，我亲爱的兄弟，和你想的如出一辙，米歇尔已和我们交谈过了。这就是他给我们的叙述。你说你想阅览一下，我也答应了你。不过我在信即将寄走的时候，还是迟疑了。这信我读的次数越多，就越发地觉得可怕。噢，你会怎样看待我们的朋友？我本人又会怎么想？……我们是否可以简单粗暴地否认他的行为，拒绝承认他残忍的性情其实也是为了达成好目的的方法？我怀疑如今应有不少人羞于承认在这故事里看到了自己的影子。我们能找到办法来好好利用这种人的聪明才智吗？还是必须将他们逐出我们的世界？

可以用什么方式，让米歇尔服务于国家？我必须坦言，我不知道……他得有份工作。你才能出众，并借杰出的才能谋得高职，颇具影响力，可以给他找个事做吗？请务必尽快。米歇尔忠于职守——现在依然如此。但过不了多久，他这忠心就只会留给自己了。

我正在湛蓝的天空下给你写信。我、丹尼斯和达尼埃尔在这儿一共待了十二天，没有见到一丝云彩，强烈的太阳光也从未歇过。米歇尔说，这天空如水晶般透明已达两个月之久。

我既不感到悲伤也不觉得快乐。这里的空气让人心里充满神秘的亢奋感，进入一种远离苦乐的状态。幸福的滋味也莫过于此吧。

我们守在米歇尔身边，不愿离去——你若是看了这一页页的材料，就会明白个中缘由。我们就在这里，在他的家中，等待着你的回信。不要耽搁。

丹尼斯、达尼埃尔和我一直都是挚友，这你都知道。自上中学时我们就与米歇尔走得很近，随着年龄增加，友谊也日益深厚。我们四人曾彼此承诺：只要有一人有需要并发出召唤，那其他三人就要立即响应。因此，我一收到米歇尔的求助召唤，就立刻通知了达尼埃尔和丹尼斯。三人抛下一切，即刻启程。

我们已经有三年没见过米歇尔了。他当时已经结了婚，正与妻子一起共度蜜月。他们最后一次经过巴黎时，丹尼斯在希腊，达尼埃尔去了俄罗斯，而我呢，你也知道，我一直陪伴着我那卧病在床的父亲。当然我们并未中断通信；塞拉斯和威尔刚见过他，但他俩告诉我们的情况还是让我们大惊失色。我们一时还没法理解。他已经变了，改变的原因当时我们无法理解。从前的他是个好学的清教徒，过分虔诚让他的举止显得笨拙；他的眼神极为明亮，面对他那灼灼的眼神，我们往往只好停下那些过于奔放的谈话。从前的他……他的描述里都有，在此不再赘述。

现将故事呈上，丹尼斯、达尼埃尔和我听到的叙述，都一字不拉地写给你。我们躺在他住所的平台上，在满天星斗下，他将他的故事娓娓道来。故事快结束时，晨曦刚刚降至平原。米歇尔的房子和村庄间隔很近，可以俯视平原。庄稼都已收割，天气及其炎热，平原光秃秃的，看起来好似沙漠。

米歇尔的房子颇为简陋，看起来也有些怪，却不乏魅力。窗户上没安装玻璃——或者应该说连窗户都没有，墙上只有几个大洞——冬天屋里一定很冷。但现在气候温和，我们都可以直接躺在户外的垫子上睡觉。

我还要告诉你，我们这一路走得都很顺利。傍晚时分到达这里，炎热的天气让我们感到劳累，可周遭的新鲜事物又让我们兴奋异常。我们在阿尔及尔和君士坦丁只稍作停留，便从君士坦丁再乘火车，抵达西迪贝姆，一辆小马车正在那儿候着我们。公路在离村子很远的地方就断了。就像翁布里亚[①]地区的一些村镇那

[①] 位于意大利中部。

样,高高斜卧在一座石山上。我们便徒步上山,行李箱由两头骡子驮着。我们沿着这条路往上爬,村子的第一栋房子就是米歇尔的住宅。这座房子由带围墙的花园围着——说是花园,其实更像是一圈矮墙,花园里面长着三棵矮小的石榴树,还有一棵挺拔茂盛的夹竹桃。一个卡比尔人[①]小孩正在那儿玩着,我们一走近,他立马翻墙而去,消失不见了。

见到我们,米歇尔也没有大惊小怪,他的欢迎方式相当平淡,似乎是在压抑自己的真情实感。不过当我们走到门口时,他又挨个和我们三人拥抱,只不过表情异常严肃。

直到天黑,我们的交谈也没超过十句话。客厅里放好了晚餐,都是些家常便饭,不过客厅的豪华装饰着实让我们大吃一惊。等会儿你看了米歇尔的故事就会明白个中缘由。吃完饭,他坚持要亲手给我们煮咖啡。喝后,我们便一起登上平台,那里视野开阔,景色一览无遗。我们三人好像约伯[②]的三个朋友,观赏着平原上白昼将逝留下的余烬。时间很快就这样过去了。

夜幕一降临,米歇尔便开始侃侃而述。

---

① 住在阿尔及利亚的柏柏尔人。
② 《圣经》中的人物,是上帝的忠实仆人,他极具隐忍精神,经受住了魔鬼的考验。

第一部分

 第一章

亲爱的朋友们,我相信你们的忠诚,我也可以完全信赖你们。我知道,只需一声召唤,你们便会来见我,而我也会同样如此。我们已有三年没有见面了,但我们的友谊经受住了久别的考验,希望现在也能经受住我这番叙述的考验。我之所以突然发出召唤,劳烦你们长途跋涉来看我,就是为了和你们见上一面,让你们听我说说话。我不求救助,只想向你们倾吐心事。我遇到了难关,生活再难继续下去。我不是觉得倦怠,只是自己难以排解。我需要……我需要倾诉,我只求你们听我说话。为自己争得自由不算什么,难就难在如何利用那自由。请允许我谈谈自己

吧。我需要把自己生活的故事告诉你们。我会随性而谈，既不谦虚也不骄傲，比我讲给自己听时还要诚实。请你们听听我这些不得不说的话吧。

我们上次见面时，还是在昂热郊区的小教堂里，那天是我举行婚礼的日子。受邀宾客不多，到场的却个个都是我的挚友，也使那次普通的婚礼显得相当感人。我觉察出大家都情绪高昂，自己也跟着激动起来。从教堂出来后，我们又聚到新娘家，一起吃了顿便饭。之后我们登上雇来的轿车，和大家招手作别，不能免俗地踏上了新婚旅程。

我对我的妻子不甚了解，我怀疑她对我也是如此，但我并不难过。这桩婚姻里没有爱情，结婚的目的不过是为了安慰我的父亲。他将不久于人世，心里还放不下一桩事——他怕把我一人丢在世上。我深深地爱着父亲，看着他饱受病魔摧残，便一心想让他这段痛苦的时光稍稍好过些，便在不了解未来的可能性的情况下，匆匆做出了一生的承诺。在奄奄一息的父亲的床头，我们举行了订婚仪式。这样的情况下我们当然没有欢笑，但却能给他带来安慰，想来其中也不乏深沉的快乐。也许我不爱我的未婚妻，但至少我从未爱过其他女人。在我看来，这就足以确保我们的美满生活了。当时我对自己缺乏了解，却以为自己已把全副身心都交给了玛瑟琳。玛瑟琳是个孤儿，同两个兄弟相依为命。当时她刚二十岁，我比她大四岁。

我说过我不爱她——其实应该说，我对她至少没有那种所谓爱情的感觉。不过如果可以把爱情理解为柔情、同情心以及极大的尊重，那我就是爱她的。她是新天主教，而我是新教……其实我觉得自己根本不像个新教徒！不过神父接受我，我也接受神父，所以一切都还顺利。

我父亲就是一名众所周知的"无神论者"——至少我是这样想的。出于极深的尴尬，我从未和他谈过信仰问题，恐怕他对我亦是如此。我母亲对我采取的胡格诺①教派式的严肃教育，和她那美丽的形象一起，在我心中渐渐淡薄。你们也知道，我早年丧母。那时我还预想不到，童年接受的最初的道德教育将会把我们控制得多紧，也想象不到它会给我们的思想留下了什么影响。母亲对我进行灌输教育的同时，也把这种严格朴素的作风传给了我，之后我更是将其贯彻到研究工作里。我十五岁那年丧母，之后便是父亲一人照顾我。他对我精心抚养，全身心地对我进行教育。当时我已经很好地掌握了拉丁语和希腊语，跟着他，我又很快学会了希伯来语、梵文和阿拉伯语。二十岁时，由于我学业进步很快，父亲便让我参加他的研究工作。他还满怀信心，把我当做和他地位相等的伙伴，并向我证明我受之无愧。《漫谈弗里吉亚人的崇拜》一文署的是他的名字，其实出自我手，且几乎未经他的修改。这篇文章为他赢得的声誉比他以往的所有作品都大。他很开心，而我看到这种肤浅的欺世盗名之作居然获得成功，却

---

① 16世纪至18世纪，法国天主教派对加尔文教派的称呼。

大为吃惊。但随后我的事业便正式开始。学贯古今的学者都以平等的态度对待我，而现在的我看到别人给我的种种荣誉，也能笑着欣然接受了……就这样，我生活到二十五岁，打交道的对象几乎只有废墟和书本，对生活却一无所知。我对研究倾注了全部的热情。我也有朋友（包括你们），但我热爱友谊超过朋友本身。我对他们非常忠诚，却只是出于对高尚品质的需求，我珍视自己身上每一种精细的情感。可我缺乏对朋友的了解，对自己也知之甚少。我本可过上另一种生活，生命也可以以另一种形式展开，但这念头却从未在我的头脑里出现过。

我们父子二人过着简朴的生活，开销很少，以致我到了二十五岁，都还不知道我们家其实家底殷实。我不大想这种事情，总以为我们只是在勉强维持生计。父亲节俭的习惯也留给了我，到了后来，我发现家中财产丰厚，居然觉得有点不安。我对这类事情不怎么在意，作为唯一的继承人，甚至在父亲去世后我都不知道自己有多少财产。这问题到结婚时我才搞明白，同时发现玛瑟琳几乎没带什么嫁妆来。

我对另一件事也是浑然不知，这件事也许更为重要——我的健康状况极差。如果不经受考验，我怎么会发现？我经常感冒，却常常不以为然。生活过于平静，既让我的身体情况恶化，其实也从另一方面保护了我。玛瑟琳反倒非常健壮，没过多久，我们就发现她的身体的确比我好。

结婚当晚,我们在巴黎的寓所里度过,早已有人为我们收拾好了两间房间。我们在巴黎仅停留了几天,买些必备品,之后去了马赛,再登船前往突尼斯。

那一阵杂务繁多,事事都需要我亲历亲为,忙完了往往已经头昏眼花。再加上为父亲发丧心情已经十分沉痛,后面办喜事情绪上又是一番波动,我实在是累到了无以复加的地步。我们登船后,强烈的劳累感终于向我袭来。在此之前,我所做的每件事都给我增添了疲劳,耗散了精力。在船上一闲下来,思想就活动开了。那似乎是我有生以来第一次体会到这样的感觉。

这也是我这么长时间以来第一次脱离研究工作。以往我只允许自己作短期休假,尽管也有过几次稍长的旅行。一次是在母亲去世后不久,我跟父亲一起去西班牙,在那儿待了一个多月;另一次去德国待了六个星期;还有几次旅行经历,不过都是出于工作需要才去的。父亲在旅行时目标也是十分明确——从不允许我们偏离研究主题。而我呢,只要不陪着他,就会捧起书本。不过这次我们一离开马赛,格林纳达和塞维利亚①的画面就浮现在我的脑海:那里的天空更蓝,林荫里更加凉爽,还有快乐的节日伴随着欢声笑语,和美妙的歌声。我想,我们马上又能看到了。我登上甲板,目送马赛渐渐远去。

我突然间想起来,自己好像把玛瑟琳给忘了,都没怎么

---

① 西班牙的两个地方。

理她。

她正坐在船头，我走到她跟前，第一次真正地端详起她来。

玛瑟琳很美，你们见到过她，都知道这点，只可惜我和她太熟悉了，以前并没有发觉她的美，也难以用新鲜的目光打量她。我们两家几代交好，我也是看着她长大的，对她的优雅秀丽早已习以为常……这还是我第一次感到惊异，觉得她实在太优雅了。

她头戴一顶设计简洁的黑色草帽，罩着黑色面纱，映衬着一头金发，但并不显得柔弱。她穿的裙子和上衣用料一样，是由苏格兰印花细布制成，是当时我们一起挑选的——我在服丧，却不愿意她穿得太朴素。

她觉察出我在看她，便转过身来……在那之前，我对她的殷勤态度都是责任式的，且一直在用冷漠的客套代替爱情。看得出来，这让她很是烦恼。此刻的玛瑟琳能感觉出我这是第一次在用不同的眼神看她吗？她也定睛看着我，极为温柔地向我微笑着。我沉默不语，在她身边坐下，此前，我都在为自己生活，至少都是在按照自己的意志活着。现在结了婚，却仅只把妻子视为伙伴，根本没考虑原本的生活会因为我们的结合而发生变化。此时，我才意识到我生活的独角戏结束了。

此时只剩下我们俩还在船板上。她头靠着我，我把她轻轻揽进怀里。她抬眼望着我，我亲了亲她的眼睑，这一吻不要紧，我心里翻腾起一股全新的怜爱之情，那感觉如此强烈，让我不由得热泪盈眶。

"怎么了？"玛瑟琳问我。

我们开始交谈，她的话语让我入迷。以前，我根据自己的观察总觉得女人愚蠢，但那天晚上，我坐在她身边，只觉得自己又笨又傻。

这样说来，与我结合的那位女子有属于她自己的真正生活！这个想法很有分量，以致那天夜里我醒了好几次，从卧铺上支起身子，看着下铺我的妻子——玛瑟琳的睡容。

第二天天空极美，大海非常平静。我们闲散地谈了几句话，拘束的感觉少了许多。婚姻生活自此开始。到了10月最后一天的早晨，我们在突尼斯下了船。

我原本只打算在突尼斯住个几天。不怕向你们暴露我的愚蠢想法：在这个全新的国家，能引起我兴趣的只有迦太基和几处罗马帝国的遗址。比如奥克塔夫向我介绍过的梯姆戈，还有苏斯的镶嵌画建筑，特别是杰姆的古剧场，对我更具吸引力。我计划一刻也不耽搁，立即赶去参观。我们必须首先到达苏斯，在那里换乘邮车。我决心这一路绝对不会让其他景物分散我的注意力。

想归想，但到了突尼斯，这个国家还是给了我很大的惊奇。新的感官体验唤醒了我身上的一些沉睡已久的部分，尽管许久未使用，但依然保持着神秘的青春。那感觉主要不是欣喜，而是惊奇与迷惑。但最让我高兴的还是玛瑟琳对这一切的欣然接受。

不过我的疲惫感一天甚过一天，又觉得如果就此屈服会很难为情。我一直在咳嗽，不知道为什么胸上部很不舒服。我想，现在我们正在南下，温和的天气应该会慢慢让我的身体好起来。

斯法克斯的邮车于晚上八点离开苏斯，深夜1点经过杰姆。我们订了车厢靠前的位置。我本以为坐上的会是一辆颠簸不停的老爷车，情况却恰恰相反，这辆车居然相当舒适。但是这里的寒气！……天真的我们对南方温暖的气候充满了信心，两人衣着都很单薄，只带了一条披巾。刚一离开苏斯城和周围山丘屏障的保护，大风就咆哮起来。风在平野上鬼哭狼嚎，怒吼呼啸，从车门的每条缝隙里钻进来，让我们防不胜防，到站时我们都冻僵了。旅途颠簸，我感觉十分劳累，一直在剧烈咳嗽，身体越发地撑不下去了。这是怎样的一夜啊！到了杰姆后，我们发现这里没有旅店，只有一处破旧的驿站。这可怎么办？邮车又出发了，村子的各户人家都已入睡。黑暗似乎漫无边际，隐约可以看到阴森的废墟，还能听见犬吠声。我们只回到肮脏的小房间里，里边放着两张破床。玛瑟琳冷得直抖，不过在这里至少避开了风。

第二天天气阴暗，我们出门一看不禁大吃一惊：天空完全晦暗，风还在刮，只是没有昨夜那么猛烈了。邮车只有到了傍晚时分才会经过这里……就如我先前所说，这一天过得实在凄惨。没过几分钟，古剧场就跑完了，感觉相当扫兴。在这阴霾的天空下，我甚至觉得它相当丑陋。我感到特别无聊，也许是太过疲惫了吧。接近中午时，我徒劳地搜寻着碑文，最后无功而返。玛瑟琳正坐在避风处看一本英文书，带本书出来真是她的幸运。我靠在她身边坐下。

"多愁苦的一天！希望你不觉得太过无聊！"

"没有啊，你看，我在看书呢。"

"我们究竟为什么来这儿啊？希望你不要怕冷。"

"不是很冷。你呢？你脸色苍白啊。"

"还好……"

当晚，风刮得越发猛烈。邮车终于来了，我们再次上路。

车起步还没颠几下，我就觉得身子骨快散架了。玛瑟琳累得厉害，直接倚着我的肩头睡着了。我心想，可千万别咳嗽，不要把她弄醒啊。于是我轻轻地、轻轻地移开身子，把她扶到车壁那一侧。可咳嗽居然停了，我咯起痰来。这是新情况，咯出来并不费劲，每隔一会儿咯一小口。起初这感觉很奇特，我甚至还觉得挺有意思，但没过多久，我的嘴里多了一股异味，那感觉十分恶心。很快我的手帕就用完了，还沾得满手都是。要把玛瑟琳叫醒吗？……幸好我想起在她腰带上还掖着一块大手帕，便轻轻地抽了出来。有了手帕我再也不用强忍了，便剧烈地咯了起来，咯完感到特别轻松，心想感冒总算快好了。可突然我又觉得浑身乏力，头晕目眩。我想我就要晕过去了。要叫醒她吗？……真是令人羞耻的想法！（我相信自己，这么做都是受童年的清教思想的影响，让我始终认为，任何向软弱屈服的行为都是怯懦的表现。）我控制住自己，手里抓牢一个东西，好歹有个依靠，就这么最终控制住了眩晕……我幻想自己重新回到了海上，车轮的声响变成了浪涛声……这么想着,也不咯痰了。

之后,我便昏昏沉沉地打起瞌睡来。

当我醒来时,已近破晓,玛瑟琳依然在沉睡。车快到站了。我手中拿的大手帕黑糊糊的,一开始还没怎么注意。等我掏出来一看,不禁傻了眼:上面沾满了血污。

我的直觉告诉我必须瞒着玛瑟琳。可该怎么办?我身上斑斑血迹,特别是手指上……真像流了鼻血——好主意!要是她问起来,我就谎称我流鼻血了。

玛瑟琳一直睡着。车到站了,她得先下车,所以我有什么异样她也没看到。我们提前预订了两间客房。一下车我就冲进我的房间,立即将血迹洗掉。玛瑟琳依然什么都没发现。

我的身体十分虚弱,赶忙吩咐伙计给我们送上茶点。玛瑟琳的脸色也有点苍白,但依然笑着,她给我斟上茶。我心里不禁愤懑,怪她不关心我。当然我也觉得自己这样有失公允,心想都是我掩盖得好,她才没发现。就算这么想也没用,我的火气越来越大,本能地在我身上增长,控制了我的大脑……我的情绪最后愈来愈失控,再也忍不住了,装出漫不经心的样子,随口说道:

"昨天晚上我吐血了。"

玛瑟琳一声不吭,只是脸色更加苍白,身体摇晃起来,刚想稳住,却重重栽倒在地板上。我疯了一样冲过去:"玛瑟琳!玛瑟琳!"老天啊,我都做了什么!一个人病还不够吗?可就和我刚说的一样,我的身体非常虚弱,差点儿也跟着一起昏厥过去。

我打开门，喊人帮忙。立马有人跑了过来。

我突然想起箱子里放了封介绍信，是开给城里一名官员的。我便凭着这封信，派人请来了军医。

与此同时，玛瑟琳倒是醒了过来。她坐在床头，俯身看着我，而我却躺在床上烧得直抖。军医来了，给我们俩轮番做了个检查。他说玛瑟琳没事，跌倒时没有受伤；而我的病情却相当严重——他都不愿意说是什么病，只答应傍晚之前再来。

军医又来了，这次他只冲我微笑，跟我说了不少话，又开了一些药。我意识到，他认为我已经没有希望了。要我以实相告我自己的感受吗？老实说，当时我没有感到不安，只是觉得累，有种坐以待毙的感觉。"说到底，生活又给了我什么让我必须活下去？我勤勤恳恳工作到最后一刻，带着满腔热忱地尽忠职守。至于剩下的……哼！跟我有什么关系？"我心中暗想，不觉钦佩起自己的清心寡欲来，唯一让我痛苦的是这地方太简陋了。"这间客房太烂了。"我想。我环视着房间，突然意识到，在隔壁屋里，有我的妻子玛瑟琳。我听得见她说话的声音。医生还没走，正和她谈话，还把声音压得很低。后来就记不大清楚了——我一定是睡着了……

我醒来后，发现玛瑟琳就待在我身边，一看样子，就知道她刚哭过。我不够热爱生活，因此也不为此时的自己感到可惜。只是这地方太过简陋，我看着难受。但光是看着她，我就又觉得快乐起来。

此刻她正坐在我身边写东西。我觉得她很美，瞥见旁边放了几封已经封好的信。她起身走到我床前，温柔地握住我的手。

"现在感觉怎么样了？"她问。

我凄惨地笑了。"我会好起来吗？"我哀伤地问她。

她立即真心实意地答道："当然了！"她的话里充满了由衷的信心，连我也差点儿相信了。我隐约感到生活的前景就和她的爱情、美貌一样，我眼前似乎出现了感人的美好幻象，以致泪水决堤。我流了好久的泪，停不下来，也不愿停下。

玛瑟琳以极大的爱的力量劝我离开苏斯。她一路扶持、帮助、照顾着我……我们从苏斯到突尼斯，又从突尼斯辗转到君士坦丁……玛瑟琳太了不起了！后来到比斯克拉时，我的状况总算有了起色。她信心十足，热情分毫未减，她忙着安排行程，预订住处。不过不幸的是，她却不能让这趟旅行为我少带来些痛苦，她没有那个能力。我有好几次都觉得自己不能再继续前进，已做好了随时放弃挣扎的准备。我像垂死之人一样，大汗不止，呼吸困难，还经常昏迷。等我第三天傍晚好不容易到达比斯克拉时，整个人已经奄奄一息了。

第二章

为什么要谈起往日？那些日子给我留下了什么？只有暗无声息的悲恸回忆罢了。我当时已不明白自己是谁，身在何处。我眼前只有一个画面：我奄奄一息，痛苦不堪，而玛瑟琳——我的妻子，我的生命——始终俯靠在我的身旁。我肯定，我之所以能够活过来，都是她的精心护理和她的爱的功劳。终于有一天，我像迷航的海员看见陆地一样，重又看到了一束生命之光。我终于能向玛瑟琳微笑了。为什么我要把这些告诉你们？因为我要说的是——就和人们惯常说的话一样——我被死神的翅膀碰了一下。更要紧的是，我惊异地发现自己还活着，每一个崭新的今天都是我未曾希望活到的明天。我心想，我从未意识到我正在生活，这回我总算发现了这一点，这宛若新生的感觉让我激动万分。

终于有一天，我能起床了。我完全被现在这个家深深地吸引。这儿就是一个平台——这是一个什么样的平台啊！我的房间和玛瑟琳的房间都对着它。往前延伸便是屋顶；爬到最高处，能看见棕榈树盖住了房屋，而棕榈上面又是沙漠。平台的另一侧连着一座花园，花园边上金合欢树的枝叶也伸了过来。它还靠着一个庭院，楼梯连着庭院的台阶尽头。庭院小而齐整，里面种着六棵棕榈树。我的房间很宽敞，只有白粉墙，没有冗余的装饰。一扇小门将玛瑟琳的房间和我的连在一起，一道法式落地窗正对着平台。

在那里，日子不再是一分一秒地流逝。后来，孤独寂寞的我又多少次忆起这些缓慢的日子！玛瑟琳守在我身边，或看书或写字。我什么也不干，光是看着她。哦，玛瑟琳！我默默观察着她。我看太阳，看阴影，看阴影的移动。我脑子里一片空白，只顾观察。我的身体仍然虚弱，呼吸也还是困难，现在做什么都累，就连看书也累。再说我又能看什么书？对于现在的我，苟延残喘地活着就够费我力气的了。

一天上午，玛瑟琳笑盈盈地走了进来，对我说：

"我给你带了一个朋友来。"接着，一个褐色皮肤的阿拉伯儿童跟在她身后进来了。他叫巴齐尔，总是沉默不语，光用一双大眼睛看着我。我有点不自在，这感觉让我累。我什么也没说，只摆出一副气恼的样子。孩子看见我面若冰霜，不禁不安起来，转身看着玛瑟琳，讨好地依偎着她，抓住她的手，抱着她，一双胳膊露在外面，就像小动物一样亲昵可爱。我注意到，在那薄薄的白色无袖长衫和打着补丁的斗篷下，他的身体是全裸的。

"去啊，坐下来吧。"玛瑟琳注意到了我的不自在，便嘱咐他，"自己玩吧，小声点儿就好。"

小男孩坐到地上，从斗篷的兜帽里拿出一把刀，削起木头来。我猜他是要做一只哨子。

很快，那不舒服的感觉就消退了。我看着他：他好像忘记了自己在什么地方，光着两只脚，脚腕和手腕都很好看。他用那把破刀的样子也很有意思……我真的觉得这一切有意思吗？他的头发理成了阿拉伯人式的平头，戴一顶破圆帽，本该是流苏的地方现在只剩一个洞。无袖长衫滑落了一点，露出幼小动人的肩膀，我真想摸一下。我俯下身，他转头看着我，冲我一笑。我做了个手势，让他把哨子给我。他递了过来，我拿着它装出一副欣赏的样子。现在他想走了，玛瑟琳给了他一块蛋糕，我又给了他两个铜币。

第二天，我觉得百无聊赖，这还是第一次产生这种感觉。我在期盼什么——到底在期盼什么呢？——我觉得无聊透顶，焦躁不安。终于，我憋不住了：

"巴齐尔今天上午不来吗？"

"要是你想，我就去把他找来。"

说完她就出去了，没过一会儿，又一个人回来了。看到她没能把巴齐尔带来，我差点儿哭了出来——疾病都对我做了什么？

"太迟了，"她对我说，"学校放学，孩子们都回家了。你要知道，有的孩子真可爱，我觉得现在他们都已经认识我了。"

"嗯，也许明天你能把他弄来。"

过了一天，巴齐尔来了。他还像前天那样坐下，拿出小刀，削起了一块硬木头。一不小心，他的拇指被割了个大口子。我惊得浑身一颤，他却不以为然地笑了起来，伸出发亮的伤口，饶有兴趣地看着不停流着的鲜血。他一笑，就露出了雪白的牙齿，又漫不经心地舔起了伤口。啊，他气色多好啊！他让我着迷的地方就在于此——健康，这个小身体真是健康得美丽。

第二天，他带了一些弹子过来，想让我和他一起玩。玛瑟琳不在，要是她在一定会阻止我。我犹豫了，看着巴齐尔。他一把抓住我的胳膊，把弹子塞在我手里，催我快玩。我一弯腰就直喘粗气，但还是勉强撑着。最后再也撑不下去了，我汗流浃背，只好扔下弹子，一下倒在沙发上。巴齐尔有点担忧地看着我。

"你生病啦？"他轻柔地问道，那声音美妙极了。玛瑟琳这时回来了。

"把他带走吧，"我说，"折腾了一个上午，已经够累的了。"

几小时后，我又咯了一口血。那时我正在平台上拖着沉重的步伐散步，玛瑟琳正在她房间里干活，好在她什么也没看见。当时我呼吸不畅，就深吸了一口气，突然它就上来了，弄得满嘴都是……但不像初期那样，吐出来的都是鲜血，这回出来的是一个肮脏的大血块，我一口吐在地上，觉得恶心极了。

我走了几步，身体摇晃起来，浑身发抖。我很担心害怕，又很恼火。直到刚才之前，我都认为只要有耐心，我的病一定会慢慢好起来。但刚才这个变故让我心里充满了挫折感。更让我奇怪的是，一开始咯血时，我并没有像现在这样害怕；我记得那时我几乎是平静的。现在为什么会这样？这恐惧又是从何而来？哎呀！那都是因为我开始热爱生活了。

我又走了回去，弓着身子找到了那团血块，用一根草秆挑起来，放在手帕上，仔细看着：这是一摊肮脏的暗色血块，几乎是黑色的，而且黏成一团，看起来可怕至极……我不由得想起了巴齐尔发亮的鲜红色的血。我突然产生了一个愿望，一个欲念，一种前所未有的强烈而迫切的想法：我要活下去！我要活下去！

我咬紧牙关，握紧拳头，鼓起整个身体的力量，发狂而绝望地准备开始新生。

就在前一天，我收到一封 T 写给我的信。信中就玛瑟琳担心的问题——给出回答，满篇都是医疗建议，随信还寄来几本医学普及读物和一本专著。我更看重那本专著，只漫不经心地扫看了一遍新的内容，至于印刷品，我完全没看。因为第一，这些小册子和童年别人塞给我的大量道德小读本很像，无法引起我的任何好感；其次，这些建议实在令我心烦；再者，我认为自己没有患结核病，因此《给结核患者的建议》《结核病实践疗法》之类的书也不符合我的病情。我情愿把咯血的原因归咎于别处。老实说，我根本找不到原因，也尽量不去想，我断定自己即便暂时无法痊愈，那至少也离完全康复不远了……我看完信，又贪婪地读了那本书和小册子，突然惊恐地意识到，我并没有以恰当的方式照顾自己。我之前一直抱着不切实际的希望，得过且过。现在我猛然发现，自己的生命正遭受着前所未有的打击，生命的核心受了重创。我的身上正活跃着一队敌人，我能听见、看见、感觉到它们。不经过搏斗，我绝对打败不了它们……我还大声补充了一句："这是意志问题。"好像这么喊一下，能更坚定地说服自己一样。

我的心理进入了战斗状态。

暮色降临，我为自己制订了战略计划。在这段时间里，我只研究一个东西，就是如何治好病，唯一的任务也只有一个，就是恢复身体健康。只要对我身体有好处的，就说它好，拿来利用；而不利于治疗的，就通通抛之脑后、弃之不理。晚饭前，我已经就呼吸、运动、饮食几方面做好了决定。

我们在一个四面被平台环绕的小亭子里吃饭，这里安静、平和、远离一切喧闹，两人吃饭也显得颇为亲密。一名老黑人从附近一家饭店给我们送饭菜过来，说实话，这些食物只能勉强入口，都是玛瑟琳负责订的，她点了这个菜要了那道菜……我一般都没什么胃口，不觉得缺菜、菜式不丰盛有什么影响。玛瑟琳饭量小，也没发现我的食物其实不够。而在我做的所有决定中，多吃饭排在首位。本打算今天晚上就实践起来，没想到一顿饭毁了一切。送来的饭是完全不能吃的腊肠，还有烤过了头的肉。

我气急败坏，把怒火全撒在玛瑟琳身上，对她讲了一大堆难听的话，把什么都怪在她头上。听我那口气，就好像饭菜不好吃都是她的错一样。我气就气在，刚刚决定采用饮食疗法，就被迫推迟。推迟事小，后果却可能极为严重。我把前段时间的事忘得一干二净，认为这一餐劣质饭菜会让我的身体彻底崩溃。我强令玛瑟琳进城去买罐头，随便什么都行。

没过一会儿，她就带了一个小罐回来。我狼吞虎咽，差不多全都吃完了。仿佛在向我们俩证明，现在的我需要吃更多的食物。

那天晚上，经过商量后，我们一致同意要彻底改善伙食，增加用餐频率——每三小时一餐，早晨六点半就开始第一餐。饭店的菜式太差，必须补充各式各样的罐头……

这全新的疗法让我激动不已，导致当晚我不能成眠。我想当时好像有点发烧，床边正好有一瓶矿泉水。我喝了一杯，又倒了第二杯，第三次我干脆对着瓶口，一饮而尽。我像复习功课一样，在脑海里重温了一下刚做好的决定。又鼓起勇气，准备面对一切艰难险阻，同一切战斗。我的救赎就在自己手中。

最后，天终于亮了，晨曦已至。

战役开始之前，我必须保持警惕。

第二天是星期天。我必须坦白,在此之前,我一直没问过玛瑟琳的宗教信仰——不管是出于漠不关心还是觉得尴尬,都没问她——我觉得这与我无关,我也不以为意。那天玛瑟琳去做了弥撒,回来后,我得知她为我做了祈祷。我直视着她的眼睛,尽量温和地说:

"不用为我祈祷,玛瑟琳。"

"为什么?"她不安地问。

"我不喜欢什么特殊的庇佑。"

"你拒绝上帝的庇佑?"

"不,因为那样就意味我要感恩戴德,我就得报恩,我不愿意那样。"

我们谈起此事,表面上风轻云淡,但其实彼此心里都明白这对话的重要性。

"我可怜的爱人,光靠自己你是不会好起来的,"她叹了口气道。

"那就这样吧……再说,"我见她神色悲哀,便缓和口气,说,"你会帮助我的。"

 第三章

我还要再耗费一番唇舌,来谈论我的身体。我要说下去,要尽可能多说些,你们听了,一定会以为我已经彻底忽略了精神性的东西,但我的疏忽是刻意为之的,事实就是如此。我告诉自己,我没有力气再过这种双重生活。等我的病有了起色以后,我再考虑精神方面的事。

我的身体离好转还差很远。稍一动就会出汗,静坐着就又会着凉。如同卢梭讲的一样,我现在饱受"呼吸急促"之苦。我有时发烧,早上常常刚一起来,就觉得疲惫不堪,只能蜷缩在扶手椅里,对一切都漠不关心,只顾自己。我必须集中精力,努力让

呼吸顺畅。我艰难地、有条不紊地、小心谨慎地呼吸着。但不管怎么努力，呼气时总带着短促的颤音，怎么也控制不了。过了好长一段时间，我才能通过高度集中注意力，勉强避免这种情况。

不过最让我头疼的还是身体的反应。现在气温只要稍有变化，我脆弱的身体就会跟着变，让我痛苦不堪。现在回头看，我想当时的病其实和神经系统紊乱有关，那是一系列病症，单单归结于结核病根本说不通。我也找不出别的原因。我不是觉得太热就是觉得太冷，衣服添了一层又一层，厚得简直到了可笑的程度。如果不打寒战，我就出虚汗；脱掉点衣服，虚汗不出了，我又转而打起了寒战。身体有几个地方总是寒气逼人——尽管也在出汗，摸起来却像大理石一样冰冷，怎么也暖不过来。我对温度极其敏感，洗漱时不小心往脚上溅了点水，就会着凉；怕热的程度亦是如此……这种敏感后来再也没有离开过我，至今未改，我没想到的是，现如今它却成了我愉悦的源头。我认为任何形式的高度敏感，都可以成为快乐和痛苦的理由，这完全取决于身体的强弱程度。从前令我痛苦不堪的一切，如今我却甘之如饴。

不知为什么，我直到那时睡觉都把门窗关得严严实实。遵照T的建议，我试着在夜间打开窗户。起初只开了少许，不久便彻底敞开，而且很快就习惯了。后来，睡觉时窗户更是非开不可，一关就觉得闷气；再过些时日，光风霁月与我同在，我感到无比享受。

可我的心情急切得很，恨不能一下子跨过逐渐好转的这一阶段。幸亏有玛瑟琳的悉心护理、清爽的空气和优越的食物,我的身体很快就好起来了。我以前呼吸短促,上下台阶都成问题,从不敢离开平台。可到了1月底,我居然敢冒险去公园散步了。

玛瑟琳拿着一条披肩陪我一起去。那是下午3点多,那块地方通常风头强健。前三天我身体一直不舒服,现在风总算停了,空气和暖,令人精神振奋。

这是座城市公园。一条宽敞的小路把公园分成两块,路边长着两排高大挺拔的金合欢,这种树在这儿很受欢迎;树荫下还有长凳。一条水渠——渠面不宽,水却很深——几乎和路平行,又分流成几条小溪,把水引向园中各个地方的花木。水浑浊不清,呈泥灰色,好像浅粉灰的黏土。这儿只有几个阿拉伯人,没什么外国人,他们一离开阳光照射的地方,长衫上便染上了阴影的暗灰色。

我走进这奇异的阴影,身体不由得一颤,感觉很古怪,便用披肩包裹住身体。不过我并没有产生不适的感觉,正好相反……我们坐在一张长凳上,玛瑟琳也很安静。几个阿拉伯人从我们身边走过,接着一帮孩子也跑了过来。玛瑟琳认识其中几个,她挥挥手,几个孩子就来了。她把他们的名字一一告诉我,互相问了些问题,又回答问题,有说有笑,时不时撅撅嘴,玩几个小游戏。不知怎么的,他们让我有些烦,我的身体又不舒服了,疲倦感袭来,出了身大汗。不过说老实话,让我不安的不是孩子们,而是玛瑟琳。是的,她有点妨碍我。要是我起身,她就会跟着站起来；要是我摘下披巾，她又会接过去；要是我又再次披上，她一定会追着问："觉得冷吗？"有她在场，我也不敢跟孩子们说话——我看得出来，她特别偏爱其中几个。而我呢，则对另几个孩子感兴趣，这感觉是不由自主的。

"咱们走吧。"我说。但我暗下决心，以后一定要独自来公园。

第二天上午10点钟，玛瑟琳必须出门，我便利用这个机会出门。小巴齐尔几乎每天上午都来，一天不落，帮我拿披巾。我觉得身体敏捷了不少，心情也很愉快。一路上都没什么人，我慢慢踱着步，时不时坐下歇一会儿。巴齐尔跟在我后面，一路说个不停，像条忠诚温顺的小狗。我走到水渠边——那是女人们洗衣服的地方——只见水中间躺着一块扁石，一个小姑娘正趴在上面，脸朝着水面，手伸进水中，抓住漂过来的小树枝，又赶忙扔掉。她拍打着水，脚已经湿了，其他地方的皮肤看起来更深一些。巴齐尔走上前去，和她说了几句话。她回过头来，看着我笑了，用阿拉伯语回答了巴齐尔的话。

"她是我妹妹。"他告诉我。接着他解释道，他母亲要来这儿洗衣裳，妹妹正在那儿等她。她叫"拉德拉"，阿拉伯语是"绿色"的意思。说这话时，他的声音迷人而纯净，充满童趣，也在我心里唤起了孩童般的感觉。

"她想让你给她两个铜币。"他又说。

我给了她10个，刚准备走，他的母亲——一名洗衣女工——

便来了。她是个美丽丰满的女人，宽宽的额头覆满了蓝色刺青。她头顶洗衣篮，好像一尊顶着供品篮的古代雕像，她也和雕像一样，身上只围着一块深蓝色布，扎在腰间，垂至脚面。她一看见巴齐尔就大声呵斥他。他不满地回嘴，小姑娘也加入进来，三人吵得热火朝天。最后巴齐尔认输了，跑来告诉我，说今天上午他母亲需要他帮忙。他快快不乐，把披巾递还给我，我只好一个人回去了。

　　还没走上二十步，披巾的重量就让我受不了了。我大汗淋漓，一看到椅子就赶紧坐下。真希望能有个孩子过来，帮我承担这个累赘。没过一会儿，一个小男孩就来了。今年十四岁，个头挺高，肤色像苏丹人一样黑。他一点也不害羞，主动要来帮我。他叫阿舒尔，要不是瞎了一只眼睛，我会觉得他长得不错。他喜欢说话，一路告诉我河水是从哪儿来的，水又是怎么流经公园、穿过整个绿洲……我听他不停地说着，竟忘记了疲惫。我很喜欢巴齐尔，现在不由得觉得和他已经太熟了，换个人陪我也不错。我甚至在心里向自己承诺：有一天我要独自来公园，坐在椅子上，等待一次愉快的会面……

　　我和阿舒尔一路走着，歇了好几次，才最终走到我家门口。我很想请他进房，却不知道玛瑟琳会作何反应，就不敢妄作主张。

　　我在餐厅里找到了玛瑟琳，她正在照顾一个小男孩。那孩子很瘦小，一副病怏怏的样子。初看之下，我的心里只有厌恶感，而非同情。

玛瑟琳有点担心地对我说："这个可怜的小男孩生病了。"

"希望不是传染病，他怎么了？"

"我不是很确定。他好像浑身都疼，法语很差。等明天巴齐尔来了再说吧，让他帮我们翻译……我正在给他泡茶，让他喝点儿……"接着，她见我一言不发地站着，又道歉似的补充道："我认识他很久了，一直没敢带他过来，怕你会累，也怕你会不高兴。"

"为什么你会这么觉得？"我大吼道，"你要是愿意，就把你喜欢的孩子全带来吧！"发泄完了怨气这才意识到，我原本可以让阿舒尔进屋，却没这么做，那通喊叫完全是出自不满。

我看着妻子——她十分温柔，母性十足，正悉心照顾着那孩子。没过一会儿小孩走了，好像恢复了元气。我告诉她我刚去散步了，并委婉地解释了一下我喜欢单独外出的原因。

那些日子，我半夜睡着还是会偶尔醒来，身体不是冷得厉害，就是汗如雨下。当天晚上，我却睡得十分踏实，一夜未醒。第二天上午刚到9点，我就做好准备要出门了。那天天气很好。我觉得自己已经休息够了，一点也没觉得身体虚弱。我心情不错，甚至可以说是情绪高昂。天气和暖，但我还是拿了披巾，到时候好拿它做借口，认识些愿意帮我拿的人。我之前提过，公园离我们的平台很近，没过一会儿就走到了。我兴高采烈地走进阴凉的园子里，觉得空气都透着亮。金合欢树先开花后长叶，此时已是芳香满园，其间还夹杂着一股陌生的淡淡香味，不知是从哪儿来的，我的全部感官仿佛都捕捉到了这香气，兴奋不已。我的呼吸越发通畅，步伐更加轻盈。但一碰见长凳还是会坐下，不过不是因为疲乏，而是因为这种感觉让我沉醉。稀薄的树荫在地上摇曳，似乎只是轻轻从地面擦过。啊，多么轻盈！我侧耳聆听。听见了什么？没有什么声音，却又好似声响齐鸣。每一种声音都能让我品味许久。我犹记得当时向远处看去，望见一棵小灌木，从这个角度看，那树皮显得很坚硬，诱得我起身去抚摸。我走过去，爱抚着它，内心深处感到无比愉悦。我记得……莫非从那天上午起，我的生命才重又开始吗？

我忘了当时只有我一个人，我没有等待什么，时间也被我忘怀。之前，我似乎一直觉得自己思考得太多，感受得太少；而那一天，我惊异地发现：我的感觉就和思想一样强烈。我说"似乎"，那是因为从我童年的幽深中，被吞噬的无数束微光终于重又亮起，千百种失落的感官终被唤醒，我终于能重新认识它们了。是的，我的感官复苏了，它们发现了一段完整的历史，重建了我的往昔。我的感官还活着！还活着！它们从未停止存在过，甚至在我一心求学的岁月里，仍然以隐蔽的方式秘密潜伏着。

那天，我一个孩子也没遇见，心里却很高兴。我从兜里掏出袖珍版的《荷马史诗》，从离开马赛后，我还没打开过这本书。这次重新读到《奥德赛》里的三行诗，立马默记在心里，仿佛从诗的韵律中找到了足够的营养，终于有消化它的能力了。看完，我合上书本，只是坐着，身体却在颤抖，我的身体重又焕发了生命力，真让人不敢相信，我的心灵也沉浸在无比的欢愉中……

 第四章

与此同时,玛瑟琳发现我的身体终于又健康起来,她便高兴地向我描绘起绿洲里的美妙果园来。她喜欢待在户外,我生病时,正好给了她长时间外出散步的空闲,每次回来她的情绪都很激动。不过她不怎么提这些经历,怕我催她带我去,最后欣赏不了,落个乘兴而去败兴而归。现在我的身体变好了,她觉得那些迷人景色能加快我痊愈的速度。而我爱上了散步和探索后,对她描述的那个地方也很是向往。第二天我们就一起出发了。

她走在我前面。这条小道很是奇怪,我在其他地方都没见过。它夹在两堵高高的泥墙之间,懒洋洋地蜿蜒向前;旁边花园

的围墙把路挤得歪歪斜斜、弯弯曲曲，有的地方干脆彻底没路。我们踏上去，刚拐了个弯，就忘记了来时的路线，也不知道该往哪儿走。只见温顺的溪水沿着小路，贴着墙边静静流淌。墙是就地取土建起来的，整个绿洲都是这种精细的红灰色黏土，水一冲颜色就变深，烈日一照就裂开，温度一高便结成硬块。一阵急雨，土地重又变软，光脚走过，便会留下脚印。棕榈树从墙上伸出。我们一走近，斑鸠便飞了起来。玛瑟琳看着我。

我忘记了疲劳和不舒适，心里充满了平静的喜悦，感官和肉体都处于兴奋状态。突然一阵微风袭来，棕榈树也跟着摇晃，最高的那棵棕榈树被吹得稍稍弯了腰。风又停了，一切归复平静，墙后飘来一阵笛声。我们在墙上找了个裂缝，跨了过去。

这儿是一个光与影的世界，非常宁静，仿佛置于时间之外，流水轻缓地从树间淌过，浇灌着棕榈，斑鸠轻柔地咕咕叫着，一个孩子正在吹笛子。那孩子正放着一群山羊，他几乎浑身赤裸，坐在一个棕榈木墩上。我们走过来他也不慌张，也没逃走，只是笛声被稍稍打断了一下。

在这短短的寂静中，我听见远处有笛声在与他和鸣。我们又往前走了一会儿，玛瑟琳说道："没必要再往下走了，这些花园都差不多；绿洲边上的也只稍大一些而已……"她把披巾摊开，放在地上说："休息一会儿吧。"

我不知道我们在那儿待了多久，在这里，时间已经失去了原本的重要性。我躺在地上，玛瑟琳坐在我身边，我把头枕在她的膝上。笛声依然缓缓流淌，时而断开，再又重新响起。还有淙淙的流水声、山羊咩咩的叫声。我闭上眼睛：我感觉到玛瑟琳凉爽的手搁在我的额头上，感觉到烈日穿过棕榈叶，投下柔和的光线。我的思绪一片空白——思想又有什么用？我的感觉好极了……

奇妙的时刻来了，一个新的声音响了起来。我睁开眼，原来是风从棕榈间穿过的声音，它吹不到树下的我们，只能激起高处树枝的摇晃……

第二天上午，我又和玛瑟琳一起去了这座花园。当天傍晚，我自己又单独去了一次。放羊娃还在，吹着不变的笛子。我走上前去和他聊天。他长得挺好看，他告诉我他叫拉斯夫，今年十二岁。他还跟我说我水渠在当地的叫法。很显然，水渠里并非天天都有水，必须合理分配——饥渴的树木一饮饱水，水就立马会被引走。每棵棕榈树下都有一个小积水坑，里面的存水刚好可以用来浇灌这棵树。孩子向我展示一套闸门装置，告诉我控制水、把水引到需求最大的地方去的方法。

又过了一天，我见到了拉斯夫的哥哥，名叫拉什米，年纪稍大点，模样略逊于弟弟。他踩着树干截去老叶留下的桩子，像爬梯子一样爬上一棵已去了顶枝的棕榈树，接着又灵活地爬了下来。他的斗篷飘起，露出金黄色的皮肤。他从树上取下一个小瓦罐——这种小瓦罐一般吊在新砍出的缺口边，接住从缺口里流出来的棕榈汁，棕榈汁可用来酿甜酒，阿拉伯人很爱喝。拉什米热情地邀我来喝，我尝了一口，不是很喜欢，觉得太乏味，有点酸，和糖浆差不多。

后来几天，我自己走到了更远的地方，看了不少其他放羊娃和他们的羊群。这些花园果然和玛瑟琳说的一样，都大同小异，但彼此间又存在着微妙的差别。

有时玛瑟琳会陪我一起去。不过一进园子，我就和她分道扬镳。我告诉她我累了，想坐下歇歇，让她不用等我。她也需要锻炼，就独自去走走。我留下来和孩子们待在一块。没过多久，我就认识了不少孩子。我和他们长时间地聊天，学习他们的游戏，也教他们玩些别的游戏，我还输光了身上的铜子。有的孩子会陪我再往远处走（我每天都多走一段路），告诉我回头的新路线，替我拿外套和披肩——有时我两件都会带上。分开时，我会给他们一些零钱。有时他们也会一边玩，一边跟着我走，一直走到家门口。最后，我总会邀请他们进来玩。

玛瑟琳也会带些孩子回来，都是从学校里来的，她鼓励他们做作业。放学后，学校里的好孩子和一些害羞的孩子就会来我家，和我带来的那帮完全不同，不过他们都能一起玩游戏。我们总会提前准备些糖汁和糖果。没过多久，不需要我们邀请，别的孩子也会主动过来玩。我还记得他们所有人，他们的样子又浮现在了我的眼前……

到了1月底，天气突变，冷风起来了，我的身体立马受到了影响。对我来说，城镇和绿洲之间的那大片开阔地变得不可逾越起来；我不得不继续在公园里散步，借此满足自己。紧接着，雨又来了，冷雨夹着雪，像毯子一样覆盖住北面地平线上的群山。

　　我守在火炉旁苦挨着这段凄惨的日子，狂怒地与病痛作斗争，而病魔借着恶劣的天气压制住了我。那段时间我过得十分压抑：既不能看书，也不能工作；稍动一下就出虚汗、浑身不舒服；精神一集中就觉得累；一不注意呼吸，就觉得快窒息死了。

　　在那些愁云惨雾的日子里，和孩子们一起玩耍是我唯一的娱乐。下雨时，只有和我们最熟的孩子才来，他们的衣服都淋透了，便半围住炉火。有时大家都不讲话，就这么过了很久。我浑身又累又疼，什么都做不了，只能看他们。我看着他们那健康的身体，感觉就会好很多。玛瑟琳喜欢的孩子身体都很虚弱，病快快的，表现也好得过分。她和他们都让我非常恼火，我最后终于设法和他们保持了距离。老实说，他们让我害怕。

　　一天上午，我对自身有了个奇异的发现。那天，房间里只剩下我和莫克蒂尔——他是我妻子最喜欢的孩子，而那堆孩子中，只有他没有引起我的反感（也许是因为他长得好看的缘故吧）。在此之前，我一直都只对他存有好感，但此刻，他那双黑色明亮的眼睛却引起了我的兴趣。我对他充满了难以解释的好奇，仔细观察着他的一举一动。我站在炉火前，胳膊肘搁在壁炉上，装出在专心看书，但我却能从镜子里看到莫克蒂尔的一举一动。莫克蒂尔不知道我在看他，还以为我在全心全意地阅读。接着，他无声无息地走到一张桌子前,偷偷抓起玛瑟琳放在一堆缝纫活旁边的剪刀,迅速滑进衣服里。我的心一下子剧烈跳动起来,但我竟然发不出一声抗议。实际上,当时席卷我全身的感觉只有纯粹的开心和快乐。我给莫克蒂尔足够的时间让他完成偷窃,之后我才转身和他说话,好像什么事儿也没发生一样。玛瑟琳非常喜欢这个孩子,我见到她时也没有戳穿莫克蒂尔做的好事,还编了个故事来解释剪刀的失踪。但我这么做并不是怕她苦恼。从那天起,莫克蒂尔成了我最喜欢的孩子。

 第五章

我们在比斯克拉居住的日子快结束了。2月份连绵不绝的雨一停，气温骤升，接着又下了几天的倾盆大雨。一天早晨，我醒来看到天空一片湛蓝，便赶忙起床，跑到平台最高处。只见目力所及范围，没有一丝云彩。太阳从雾霭中徐徐升起，热气升腾，整片绿洲也被蒸得雾蒙蒙的。远处又传来枯河涨水的声响，空气如此纯净而新鲜，我的感觉立马好了很多。玛瑟琳也上来了，我们本想出去走走，但今天道路太过泥泞，未能成行。

过了几天，我们去了洛西夫的果园。草木的枝茎都吸足了水分，柔软而饱满。这块土地一直在默默等待，我却对它一无所

知。它在漫长的冬日里沉眠,现在终于苏醒了,喝饱了水,焕发出无限活力。我感受到了春的懵懂,内心的情绪与外界共鸣。阿舒尔和莫克蒂尔一开始还陪着我们,我仍然享受他们那廉价、每天只费我半法郎的友谊。可没过多久,我就厌倦了他们,我的身体已经不再虚弱,不需要再拿他们的健康做榜样了,他们的游戏也无法像从前一样让我欢乐,于是我便把我兴奋的思想和感官转向玛瑟琳。我看见她如此快乐,突然意识到现在的她还是很忧伤。我像孩子一样道歉,责备自己不该总忽视她,并把我古怪的脾气怪罪在疾病头上,并让她放心。之前我的身体太虚弱,无法与她同房,后来我日渐康复,情欲也随之增长。我说的都是实话,但那时我的身体依然虚弱,一个多月后,才初次产生与玛瑟琳交欢的欲望。

这里的气温一天比一天高,比斯克拉已经没什么让我留恋的了——除了它后来还吸引我再次回去的迷人魅力——我们突然决定要离开。不到三个小时,我们就把行李都收拾好了。次日凌晨,我们乘火车离去……

记得在那儿的最后一夜,月亮几近盈满,月光从敞开的窗户照进屋内。玛瑟琳应该已经睡着了,我却躺在床上辗转反侧,难以入睡。身体里洋溢着灼热的快乐,不是别的,正是生命本身的力量……我起床,用水洗了洗手和脸,推开落地窗走了出去。

现在已是深夜,万籁俱寂,似乎连风都睡着了。远处传来几声犬吠。那些阿拉伯狗跟豺一样,整夜号个不停。我面前是个小小的院子，被围墙投下的斜影分成两块。棕榈树整齐地排列着，顿失颜色与生命力，仿佛永远都不会醒来……但即便在沉睡中，也依然有生命在萌动，但这儿的万物根本没有一点睡眠的迹象，仿佛都已死去。太安静了。我心里不由得害怕起来。突然，有关我生命所有负面的感觉纷纷向我抗议，想重新冒头，它们在寂静中为自己的存在哀号。这痛苦剧烈而疼痛，让我想像野兽那样大声嘶吼。我还记得，我抓住自己的手——用右手紧握住左手，想举过头顶。我真的那么做了。为什么要那么做？都是因为我想证明我还活着，继续感受生命的美妙。我轻抚自己的额头和眼睑，身子不由得一抖。心想，总有一天，在我快要渴死的时候，我连把水杯送到嘴边的力气也没有……我走进屋里，并没有立即躺回床上。我想把这一夜永远印刻在脑海里，永不遗忘。我不知道该干什么好，便从桌子上拿起一本书——《圣经》——随手翻开，借着月光读了起来。我看懂了基督对彼得讲的这段话，唉，以后再也没有忘记过："趁你还年轻，想什么就干什么，想去什么地方就去什么地方吧；不过，将来老了，你就要伸手……"你就要伸手……

　　第二天一早，我们便出发了。

 第六章

我不准备把旅途的全部细节都说出来。有的部分只给我留下了相当模糊的记忆。当时,我的身体情况很不稳定,遇到冷风脚下就蹒跚,看见乌云投来的阴影,心里便会感到焦躁不安,脆弱的神经总给我带来麻烦。不过至少我的肺的健康状况在好转,每次复发,症状都会减轻,发病时间也短了。疾病依然来势汹汹,但我身体的抵抗力已经增强了,现在可以勉强应付了。

我们从突尼斯起航到马耳他,又赶到锡拉库扎,最后回到那片语言和历史我都熟识的古老土地。自患病后,我的生活就不再受规则和道德的束缚,我就像头牲畜,像个孩童,一心一意地生

活。现在健康好转，我又把注意力放在了周围世界上，开始重新审视生活。在这场漫长的苦痛过后，我相信自己已获得新生，过去和现在已经天衣无缝地对接起来。当我身处新鲜国度的陌生环境里时，我可以这样想，来欺骗自己。而回到这里后，我竟觉得不自然起来了。这里的一切在不断地提醒我——这也让本人觉得惊奇——我已经变了。

在锡拉库扎和后来的日子里，我想重新开始研究工作，像从前那样一头扎进历史学的研究工作里。不知为什么，我发现即便我对这方面的兴趣没有消失，那感觉也和以前不一样了。原因就来自于我对现世的感受。对于现在的我来说，历史就是比斯克拉小庭院里令人恐惧的夜影，如死一般地静止。从前，我爱的就是那种一成不变的感觉，它让我的思想精准地运行。而现在，在我看来，史实就像是博物馆中的陈列品，更确切地说，是标本集里的植物——已经彻底干枯，让我彻底忘记它们也曾饱满多汁地在阳光下生活过。现在我只能通过想象现在，才能从历史中剥离出快乐。重大的政治事件在我身上激发出的感情已远不如诗人或某些行动主义者。在锡拉库扎，我重读了忒奥克里托斯[①]的田园诗，畅想着他那些名字优美的牧羊人。他们，就是我热爱的比斯克拉的那些牧羊娃。

我渊博的学识慢慢复苏，成了我的重负，妨碍了我的快乐。

---

① 忒奥克里托斯（约公元前310—前245），古希腊诗人，田园诗的首创者。

每参观一座希腊古剧场、寺庙，就忍不住将其在脑海里重建。我为古代逝去的忌日哀叹，感慨它们只在原址留下了一堆废墟。而我憎恨死亡。

我开始躲避废墟。古代最精美的建筑也比不上被人称为"地牢"的下陷的果园，那里，柠檬像橙子一样甜美。而库亚纳河流经纸莎草地，还如它曾为柏尔塞福涅①哭泣那天一样蔚蓝。

我后来又开始轻视并摒弃当初引以为豪的学识；曾被我视为全部生命的研究工作，现在看来和我也只保持着一种极为偶然、可有可无的关系。我发现我和以往已经不一样了，我存在于学术研究之外——这令人多么愉快！我作为学者，觉得自己显得蠢钝；作为一个人——我了解自己吗？我刚重获新生，还不知道自己会成为什么人，而这也正是我该发现了解的。

对于曾直面死亡的人来说，什么也比不上漫长的恢复期来得悲哀。在我被死亡之翼轻擦后，原先重要的事物都失去了重要性，它们以往的重要性甚至轻如鸿毛，已被一些不重要的取而代之，我都不知道它们也曾存在过。积淀在我们精神上的知识如同涂的油粉一样裂开，绽出藏在下面的几处鲜肉，暴露出脂粉下真正存在的人。

从那时起，我才决定，"他"才是我真正打算发现的人：

---

① 柏尔塞福涅，希腊神话中的宙斯之女，也是丰产女神，被冥王劫持娶做冥后。

那个权威的存在，被《福音书》摒弃的"古老的亚当"，他才是我生活的一切——一个被书籍、老师、父母，乃至我本人压抑住的人。由于伪饰层太厚，他已经变得模糊，令我难以捉摸，但这只让他具有了更大的发掘价值。现在我鄙视被教育精心打扮过的"第二层"人，我一定要剥除他身上的伪饰层。

我把自己比作一本复刻本，我感受到了在新一层涂饰文字下辨识原有文字的学者的那种快乐：在手稿上被添加的文字下面，发现了更加珍贵的原文。让人不由得发问：这隐秘的写作究竟是什么？如果要阅读，就必须抹掉新一层的覆盖文，不是吗？

此外，我不再是那个苍白、满是书呆子气的人，也不再拘束于先前狭隘的局限。康复给我带来的远不止这些，我还拥有了一个更为丰富的生命，和更加温暖的血液。这血液浸染了我的思想，一个接一个地影响着它们，渗进每一处，激发并赋予身上最偏僻、惊喜而隐秘的神经和色彩。人总是根据自身的力量来适应自身的强大或软弱。如果这力量更大，如果它们能做得再多，那么……此前我并没有这样想，我描绘的画面都或多或少存在谬误。说实话，我根本不作思考，也不自省其身，仅仅受到一种快乐的宿命论的指引，我只担心，过分仓促的审视会搅乱我那缓慢而神秘的转变过程。一个人必须给隐秘的部分以足够的时间，让其重新浮现，而非刻意强求。于是我不再放任头脑——也非弃而不耕——而是我沉迷自己，沉迷于一切我觉得神圣的事。我们已经离开了锡拉库扎,我在塔奥尔米纳①至莫勒山崎岖的路上奔跑着,大声呼喊,仿佛在召唤我身体内的他:"一个全新的自我!一个全新的自我!"

当时我唯一做的努力——且持续不断在做——就是逐个痛骂、压抑我认为与我早年教育和观念有关的一切。我坚定地鄙夷自己的学识,也蔑视种种学者式的行径,我拒绝去参观阿格里真托②。几天后,我沿着通往那不勒斯的大路前进,也没有停下来看看波斯图姆巍峨的神庙,看一看希腊精神依然顽强呼吸的地方。两年后,我又去了那儿,去崇拜某个根本不了解的神灵。

我为什么要说"唯一的努力"?因为如果我无法成为趋近完美的人,又怎么会对自我产生兴趣?那么到底该怎么做,才能让自己完美呢?现在我的脑海里只有一个模糊的概念,但这未知却让我充满了兴奋感。我将全心全意地使我的体魄强健起来,还要晒成古铜色。我们在萨勒诺附近离开海岸,来到拉维洛。那里空气更加清新,岩石各具魅力,道路百转千回,深邃的山谷尚无人探索,这一切都让我力量倍增,愉悦无比,我的激情也愈加勃发起来。

拉维洛与天的距离比与海的距离更近,它坐落在陡峭的山上,俯瞰着平地,与波斯图姆的海岸遥遥相对。在诺曼底时期这里是座重镇,如今不过是个狭小的村落。我想我们当时恐怕是这

---

① 意大利西西里岛东海岸的村镇。
② 意大利西西里岛西南海岸城市。

里唯一的外国游客。我们住在一家曾是教会建筑的旅店里。旅店坐落在巨岩边,平台和花园仿佛半悬在空中。我们除了能看见爬满葡萄藤的围墙,就只能看见大海。人必须走近围墙,才能看见梯田,而正是这梯田——而非小径——将拉维洛和海岸连接起来。群山持续在拉维洛之上耸立而起。山上生长着粗壮的橄榄树、角豆树,仙客来就生长在它们的阴影下,这里还有不少北方草木,气候很是凉爽;地势较低的临海处,分布着不少柠檬树。果园都以小块梯田的形式,一块块地生长着,看起来大同小异,相互间有窄道相连。人们可以像小偷一样默不做声地溜进去,还可以在绿荫下遨游梦境。叶子层层叠叠,厚且重,阳光无法直射下来。柠檬散发着香气,宛似大蜡丸沉沉垂在枝头,在树荫下呈青白色。站在树下,果实伸手可及,尝起来甘甜凛冽,令人精神振奋。

　　树荫浓烈,走着走着我就出了一身汗,却也不敢就此休息。此时,一级级的石梯已经不会再让我感到劳累了,我还有意借此锻炼自己,抿着嘴往上爬。我休息的次数越来越少,我还不忘对自己说:"我绝不屈服,能走多远就走多远。"最后目标一达成,骄傲之情便油然而生。我的呼吸长而深,这样似乎能让空气更加顺畅地进入肺部。我再一次下定决心要好好爱护身体,这次的进步也是显而易见。

　　我常常惊奇于自己身体的康复速度,这速度快到令我认为是自己当初夸大了病情,还开始怀疑其实自己的病并没有那么严重。我嘲笑自己的咯血,甚而为身体恢复未受到更大阻力而感到遗憾。刚开始时,我没有弄清身体的需要,也没悉心照料自己。后来我耐心研究这些需求,终于在治疗方面弄出了一套独特的办法,并像玩游戏一样乐在其中。现在最让我烦恼的问题要属我对轻微气温变化的敏感。不过鉴于我的肺部状况已经好转,这种敏感便可归结于是神经紊乱的结果,也是疾病后遗症的一种。我下定决心,一定要将其克服。我看到几个农民穿着松垮的衣服在田间劳作,他们的皮肤仿佛被阳光催熟,呈古铜色,美丽极了。我不由得心生羡慕,也想把自己的皮肤晒成他们那样。一天早上,我脱掉衣服,观察着自己:胳膊细得可怜,肩膀瘦弱且突兀,怎么用力也转不到身后。皮肤更是苍白,简直是毫无血色。我满腔羞愤,不由得哭了出来。我急急套上衣服,准备出门——但并未像往常那样去阿马尔菲,而是直奔覆盖着绿草和青苔的岩石,那里人迹罕至,我知道在那儿不会被人瞧见。到了后,我缓缓脱下衣物。风微凉,阳光却热乎乎地打在身上。我把全身暴露在阳光中,先是坐下,挺直身体,接着又躺倒,翻了个身,感受着身下坚实的大地,任由摇曳的野草轻轻擦过我的身体。我一直待在避风处,可每次有风吹来,我还是会打寒战。所幸没过多久,我浑身都觉得暖暖的,全部的感觉都涌向皮肤。

我们在拉维洛停留了半个月。每天上午,我都要去那块岩石处晒会儿太阳。一开始我还捂着层层叠叠的衣服,几天之后便觉得这些衣服笨重而多余。我的皮肤颜色变深了,不再动不动就出汗，还能调节温度，保护自我。

到了在此停留的最后一段日子的一个上午（4月中旬），我的胆子更大了。在我之前提到的溪谷中有一股山泉，流到那儿形成了一个瀑布——我得承认，是个小瀑布——底下冲出一个小池子，里面蓄满了泉水。我曾去过三次，平躺在水边，充满渴望地望着水。我久久凝视着光滑的水底，那儿真是纤尘不染，连根水草都没，只有阳光投下点点粼光，映出花纹。到了第四天，我下定决心，径直走到水边。只见那水比平时还要清澈，我便不假思索，直接跳了进去。水里冷极了，我连忙爬了出来，躺在草地上晒太阳。这儿还长着几株野薄荷。我掐了一些，揉搓了下叶子，再把那香气搓在我湿漉而滚烫的身体上。我凝视着自己，心里再也没了羞愧，只剩下快乐。我的身体虽然还不够强壮，却显得匀称、性感，甚至可以说是美丽的。

 第七章

在众多活动、众多工作中,我最乐意做的就是锻炼身体。显然它改变了我,但我只愿意把它当成一种训练,一种达成目的的方法,而不是让我获得满足感的方式。

我还做了一件事,在你们看来也许是荒唐的,但我还是要提一下——我准备在阿马尔菲剃掉胡子——我需要用外在的改变来昭示内心的变化,尽管这做法很可笑。

在此之前,我一直都留着胡子,头发剃得很短,也没想过要换个发型。但就在我第一次去岩石上享受日光浴时,我发现自己的胡子很惹人厌,就好像是我无法移除的最后一件衣服。我的胡

子修理得很整齐——不是锥型,而是方形;我突然觉得它既丑又滑稽。我回到旅店,看着镜子里的自己,还是不喜欢自己这副仪容,觉得就像个满身灰尘的老学究。吃完中饭,我就打定主意,立刻去了阿马尔菲。这是座小镇,我只能在广场上的一个小亭子里理发,碰巧今天是赶集的日子,理发店里人满为患,我觉得已经等了好些年。然而不论是令人起疑心的剃刀、退色的肥皂刷、店里的气息,还是理发匠的劝阻,都不能让我退却。剪刀下去,胡须离开了我,我就像摘了面具。后来我看着自己,心中又充满了一种感觉——并非欢乐,而是害怕。我并不是在批判这种感觉,只是把它陈述出来而已。我看自己的样子英俊,怕我的思想从此也完全暴露在他人面前。这想法确实让我害怕。

胡子没了,我反而留起了头发。

这就是我闲散的新形象了。我相信我会全力以赴,让自己振奋起来,只是还需要些时日。我告诉自己,那一天一定会来,我的新自我一定会更加有模有样,我要逼着自己开始等待。只是这样一来,玛瑟琳就会有所注意。的确,她的眼神出现了变化,尤其是那天刚看到我刮净胡须时,她可能心里已经不安了。不过她非常爱我,无法看穿我真正的心思。再说,我也在尽力让她安心。目前最重要的是不让她妨碍到我的新生,为了避开她,我只能佯装镇静。

对玛瑟琳来说,她嫁的人和爱的人,并不是我的这个"新自我"。我常常在心里提醒自己,刻意掩饰,只给她一个表象,随着时间的推移，这个表象也变得越发虚假。

所以到目前为止，我和玛瑟琳的关系依然未变，但我们的爱却随着时间的流逝而变得越发深沉。掩饰这一行为本身（也许可以来形容我为了防止她判断我的思想所做出的行为）也使爱欲倍增，我是说这场游戏让我时常注意着玛瑟琳。一开始，刻意作假我还觉得颇有难度。但我很快就明白，被人们当成最恶劣的事（比如说谎）其实难度并非最大，除了那些从未干过的人。一旦做了，任何事都会变得极简单且让人享受，再做第二次时，连一丝懊悔的情绪都没有；日子久了，就成了人的第二天性。如同做任何事情一样，人都必须战胜最初的厌恶心理，我最终也尝到了掩饰带给我的甜头，还学会了延长这个过程，仿佛是在给我一个展示未知才能的机会。每一天，我都在向更加丰富充实的生活迈进。

 第八章

从拉维洛到索伦托,一路上风景秀美,我都不再奢望能在地球上看到比这更美的景色。粗糙的岩石被太阳照得特别温柔,空气里充满各种香气,闻起来清新极了,那气息让我觉得活力十足,满足感占据了我的身心,最后只剩下快乐萦绕在心头。往昔与悔恨、希冀或渴求、未来和过去,通通归于沉默,生活只随着每一个消逝的瞬间来了又走了。"身体的快乐啊!"我高声感慨道,"我的肌肉充满铿锵韵律!多么健康!"

我怕玛瑟琳那安静的快乐会冲淡我的喜悦,就好像她缓慢的脚步会拖慢我的速度一样,一大早就先于她动身了。她准备乘车

在波西塔诺和我会合，再一起吃午餐。

快到波西塔诺时，我忽然听到什么地方不对劲。后面传来一个怪腔怪调的歌声，马车轮子发出的低沉的隆隆声好像在给它伴奏。我赶忙回头去看，但是大路到这里绕着峭壁拐了个弯，一开始什么也没见。接着，一辆马车突然冒了出来，向我狂奔而来——正是玛瑟琳乘坐的那辆。车夫站在座位上，一边放声大唱一边手舞足蹈，还不忘疯狂地抽打着惊马。这个浑蛋！他经过我身边，听见我大叫也不停车，我连忙闪到路旁，差点儿被碾到……我冲上去，可车跑得太快了。我担心玛瑟琳会从车上摔下来，又怕她待在在上面不安全。要是马一乱跳，她可能就会被抛到海里去了。就在那时，疾奔的马突然摔倒了。玛瑟琳慌忙跳下车，我匆匆跑到她面前。车夫一看到我，劈头盖脸一顿大骂。我怒不可遏，他刚开始用言语侮辱我，我就扑了上去，一把把他从座位上拉下来，在地上扭打成一团，但我始终占据着优势。他蒙了，又想咬我，我一见他这样，朝他脸上就是一顿老拳，打得他晕头转向。但我不肯就此罢休，便用膝盖顶着他的胸脯，扭住他的胳膊。我看着那张扭曲的面孔——它被我的拳头砸得更丑了。他四处乱吐，嘴边挂着口水，脸上到处都在流血，嘴里还不停地骂！哦，真是个混账东西！没错！就算把他的脖子拧断也不过分——也许我该这么做……我肯定我有这个能力，此刻也只有警察能阻止得了我。

最后，我费了番力气把这个疯子牢牢捆好，又像扔口袋一样把他扔回车里。

啊，后来玛瑟琳和我交换了怎样的亲吻，和怎样的温柔眼神啊！其实我从未独自面对过险情，但我必须向她展示自己的力量，才能保护她。我觉得我可以把生命献给她，而且毫不犹豫，十分愉快……马又站了起来，我们把车厢留给醉鬼，两人爬上车夫座位，驾车尽快赶到了波西塔诺，接着又奔赴索伦托。

那天夜里，我第一次完全拥有了玛瑟琳。

你们明白的，是吗？我还是个欢爱新手，还要我再说一遍吗？也许正是因为我的生涩才让我们的爱充满了优雅……回忆起来，我觉得那一夜是绝无仅有的，期盼和对爱的讶异都让那体验增加了绝美的愉悦——伟大的爱纵然只有一夜，也能表现得淋漓尽致，以至于我回忆往事时，还会把这件事单独拿起来品味。那是我们俩的心灵与欢笑交融的珍贵时刻……我却认为爱情在那一夜已经达到了顶点，以后灵魂再也无法超越；不管再怎么努力绕过幸福重生，都只是徒劳。其实，将幸福耗尽的莫过于对幸福的回忆。唉，我一直记得那一夜……

我们的旅店位于城外，环绕在花园和果园之中。两个房间由一个极大的阳台连着，被树枝轻抚。晨光潮水一般从敞开的窗户涌进来。我小心坐起，深情地俯向玛瑟琳。她还在熟睡，似乎正在睡梦中微笑。和我的强壮相比，她显得越发弱小，优雅也成了另一种形式的脆弱。我的脑海里思绪万千，心想她刚说我对她就意味着一切，这话应该不假。我暗想："我该做什么才能让她开心呢？我几乎成天把她丢在一旁，每一天都是这样。她期待从我这儿获取一切，而我却弃她不理！唉！可怜的、我可怜的玛瑟琳！"想到这儿，热泪不禁涌入我的眼里。徒劳中，我又想拿疾病做借口——但现在我还需要这样持续地照料自己吗？这难道不是自私的表现？眼下我不是比她还要健康吗？

她唇上的笑意消失了；晨光将每件物品涂成了金色，也让她的面容显得忧伤而苍白。也许是早晨的到来诱发了我的焦虑："玛瑟琳啊，难道有一天我也得去照顾你吗？也要为你担惊受怕吗？"我在内心高呼，身体颤抖不已。我满怀着爱意、怜爱和温情，禁不住在她紧闭的双目间轻轻吻了一下：那是最温柔、最深情也是最真诚的一吻。

第九章

在索伦托,我们过了极为平静的几天,也充满了欢乐。我哪里领略过这样的闲适和幸福?以后还能再尝到同样的滋味吗?我一直陪伴在玛瑟琳左右,对自己的关注少了,照顾她却多了,我觉得和她聊天是一种享受,和我之前从隐默中得到的快乐是一样的。

当我意识到,玛瑟琳只把我们这种悠闲的生活当成临时状态时,我有点吃惊。我对此倒是相当满意,但同时我也发现这生活也太过悠闲。持续一段时间尚可,但日子一久,我又萌生了要工作的念头,决意之强,颇像我当初想要恢复身体健康时一样。我严肃地跟玛瑟琳说我们要回家的事。她喜不自禁,看来她早就有这个想法了。

可当我开始思考几个潜在的历史课题时,我发现它们的吸引力已远不如从前。我之前跟你们说过:自打患病后,我觉得抽象客观地了解过去已经失去了用处。我以前从事语文学研究——例如,力图定义哥特语对拉丁语变异的影响——我简单地忽视了受人尊敬的泰奥多里克①、卡西奥多鲁斯②和阿玛拉丝温特③等令人赞叹的激情,只一味钻研他们的符号,和生活留下的渣滓。而如今在我看来,那些同样的符号,甚至是整个语文学,不过是一种展开深入研究的方法,以便我揭开蛮族的伟大与高尚。我决定进一步研究那个时期、那段时间,我将把自己的研究范围限定在哥特帝国的末年上,并且趁我们旅行至拉文纳④之机,看一看它濒死时的痛苦。

不过我必须坦承,最吸引我的其实还是年轻的国王阿塔拉里克⑤的形象。我常把这孩子想象成一个十五岁的小男孩,受哥特人暗中怂恿,公然反抗他的母后阿玛拉丝温特,反对拉丁教育,如脱缰野马般摆脱束缚、抛弃文化,摒弃智慧的老卡西奥多鲁斯

---

① 指奥斯特罗哥特国王,称泰奥多里克大王,于公元474年至526年在位。
② 卡西奥多鲁斯(约公元480—575),拉丁语作家。
③ 阿玛拉丝温特(?—535),泰奥多里克大王之女,继父位称女王;她在儿子阿塔拉里克成年之前一直摄政,后被丈夫泰奥达特谋杀。
④ 拉文纳,意大利城市。
⑤ 阿塔拉里克,公元526年至534年为东哥特王国国王。

的社会，选择开化程度不高的哥特社会。在几年时间里，他领着一班和他年纪差不多大的粗野孩子，过着激荡潇洒的生活，腐朽堕落至极，十八岁便去世。在他那追求更加野蛮、更加简单的悲剧式冲动中，我发现了玛瑟琳微笑着称为"我的危机"的元素。我想，既然我在思想上的追求已和身体问题无关，那我通过思想去寻求一种满足也是合理的。而且我竭力劝服自己，在阿塔拉里克猝死事件中，的确有要引以为戒的教训。

在去拉文纳之前——我们打算在那儿停留半个月——我们匆匆游览了一下罗马和佛罗伦萨。后来我们没有去威尼斯和维罗纳，而是缩短旅途，马不停蹄地返回了巴黎。和玛瑟琳谈论未来赋予我一种全新的快乐。我们还没想好该怎么度过今年夏天，我们都厌倦了旅行，我又希望在平和安静的环境下开展研究工作。最后，我们都想到了一处位于利西厄与主教桥之间的家产，就在诺曼底草木最葱郁的地区。以前属于我母亲，我小时候去那过了好几个夏天，自她去世后就再也没去过。我父亲把它交给一个照管人，他已经上了年纪，负责收租，并定期寄给我们。那是一座令人愉悦的大房子，我对那里有着轻松美好的回忆，犹记得溪流从中淌过。那处地产名为拉莫里尼埃尔庄园，我觉得去那儿居住十分理想。

我说过今年冬天要到罗马去——不是去游玩，而是工作……不过计划迅速生变：一封重要邮件早就到达了那不勒斯，正在等我。打开信封后，我得知法兰西学院最近突然空出一个讲席，我的名字被提到了好几次。我只需去代课，又能给未来的诸多事务空出时间来。发信的朋友还指出，如果我感兴趣，去了后只需进行一些简单步骤——他热切希望我能接受这个职位。我先是犹豫，觉得这会成为一种束缚；接着又想，在系列讲堂上讲述我对卡西奥多鲁斯的研究应该会很有趣……而且这也会让玛瑟琳高兴，于是我便下定决心。主意已定，我的眼里就只能看见对我们有利的一面了。

我父亲在罗马和佛罗伦萨的学术界有不少熟人，我和他们也通过书信的方式交流上了。他们说，如果我要到拉文纳和别的地方进行考察工作，他们就可以给我提供我需要的一切。我心无杂念，只想工作。玛瑟琳也一直对我关爱备至，用这种方式来默默鼓励我的工作。

一直到旅行快结束的时候，我们的幸福生活都十分稳定祥和，对此我也没什么好说的。人类最精致的作品总是和痛苦紧密相连。关于幸福，一个人有什么好说的？能说的只有幸福的起源和被毁掉的过程，而我刚已经把幸福的开始都告诉了你们。

第二部分

 第一章

我们在7月初到拉莫里尼埃尔,之前只在巴黎稍作停留,购置了足够的物品、拜访了一两个人就走了。

之前我提过,拉莫里尼埃尔庄园位于利西厄和主教桥之间,那里是我知道的绿荫最浓、也最潮湿的地方。狭长的山峦和细窄的山谷顺势延伸向广袤的欧日山谷,山谷通向海边。这儿看不见地平线,只有充满神秘色彩的矮树林和几块田地,大片牧场铺在缓坡上。遍地可见苹果树,太阳西沉的时候树影相连,牛羊成群,悠闲地吃着草。这儿草木丰盛,一年收割两次。每块洼地都存着水,依自身条件形成池塘、水泊,或是溪流。汨汨的流水声

不绝于耳。

啊！这房子真眼熟啊！蓝色的房顶、墙上的砖石、水沟，还有映在静水里的倒影……房子颇为古老，可住下十二个人。现在这儿有玛瑟琳、三名仆人，我也能帮点忙。很快，我们就一起把房屋收拾得井然有序。我们的老管家名叫波卡基，也提前做了准备，尽力收拾了几个房间。沉睡了二十年的老家具苏醒过来，一切都和我记忆中的样子如出一辙：护墙板还没坏，房间稍一收拾就能住人。波卡基把能找到的花瓶都翻了出来，通通插上鲜花，以示欢迎。他还命人把主院和花园靠房屋最近的几条林荫路上的杂草都锄掉了，道路也修理平整。我们到的时候，最后一抹残阳刚好投射在房屋上。房子对面的山谷里升腾起遮蔽一切的霞雾，溪流在其中缓缓流过，若隐若现。还未靠近房屋，我却突然闻到了芳草的清香，又听见围着房子飞舞的燕子在欢叫。过去的岁月突然浮现出来，好像一直在等着我，我步步靠近，它被层层揭开，显露在我眼前。

几天过后，房子就整理好了，可称得上舒适。我本可直接开始工作，却又继续拖了下去，我忙着倾听过往要对我说的碎语。不久我又面对了一种全新的情绪：在我们到达一周后，玛瑟琳宣布她怀孕了。

我当即意识到：从今往后我要给她更多的照顾和关注，她也需要更多的疼爱。至少在她宣布完消息后的那段时日，我几乎每时每刻都守在她身边。我们会一起散步，坐在林边，坐在我和母亲曾坐过的椅子上。我们的每一刻都是甜蜜的，日子就这样一天天溜走，我也无所察觉。如果说我无法从过去的日子里挑出任何清晰的记忆，那也绝不是因为这段记忆不够鲜明，而是因为一切都已融合成一个整体：从清晨流向黄昏，舒缓度日，不被打搅。

  我慢慢重新投入到工作中。思绪平静而敏锐，对自己的能力很有把握，对未来既有信心也不狂热。我的心意已经平和，仿佛已听从了这块温和土地的忠告。

  这块土地也让我信心十足，在这里，万物结出果实，为丰收做好了准备，定会对我产生极佳的影响。这里耕牛壮实，奶牛丰满，都在水草肥美的牧场上吃着草，无不预示着一个安静祥和的未来，我对这个未来充满了期待。沿斜坡栽植的苹果树整齐有序，今年的收成一定不错。梦里，我看见果实累累，压弯了树枝。这里的丰盛井然有序，劳动的人们欢乐愉快，收割时又喜气洋洋，无不展现了一派精心设计而非偶然的和谐，呈现了一种富有韵律、人与自然兼容并蓄的美。在这里大自然丰富多彩，人的调节能力也来自自然，二者已经交融为一体，很难说哪一方更好。我想，要是没了这片寻求被驯服的野地，人的力量又会体现在哪儿？相反，如果缺少了引导它、并愉悦收获其财富的智慧，这种野性的力量又会变成什么？我幻想着这样一片大地，在那里，所有力量都得到协调，所有消耗都会得到补偿，所有交换都将精确得当，即便是最小的耗费也会被人察觉。继而，我又把这种想象运用于现实，自我构建了一种伦理学，它由可控的智慧掌控,所有资源的运用都是完美的。

我先前的冲动上哪儿去了?都被我藏到哪儿去了?我感觉极其平静,那冲动仿佛压根儿就没存在过。爱情如潮水一般,已将那冲动全部掩盖……

同时,老波卡基一直围着我们转,给我提建议,监督着一切,事事都有自己的看法。为了表现自己是个不可或缺的人,他过分努力。我为了让他高兴,必须检查他递上来的账目,听他说没完没了的长篇大论。可他依然不知足,还要我陪他查看地产。他的浮夸、不绝于耳的喋喋不休、喜形于色的表现,再加上对自己诚实廉洁品行的炫耀劲头……没过多久我就厌倦了。他越来越黏人,而我一心只想不惜一切代价,恢复往日平静的生活。某天一件意外的事发生了,改变了我们的关系。一天晚上,波卡基告诉我,他的儿子查尔斯第二天要到这里。

我漠然地"哦"了一声,在此之前,我都没想过波卡基有几个孩子的问题。接着我发现他对我的冷漠反应很是失望,他期盼我会表现出感兴趣或是惊奇的样子,便补问道:"现在他在哪儿啊?"

"在阿朗松附近的一个模范农场。"波卡基答道。

"让我想想,他今年大概有……"我故意说得很慢。其实在这之前,我根本不知道他还有个儿子,现在却要估算他的年龄,只能慢慢讲,好让他接上来。

"刚满十七岁,"波卡基接了上来,"夫人去世时,他也只有四岁。嘿！现在块头可大了，再过一段时间，就能打败他的爸爸了。"不管我表现得有多不耐烦，波卡基只要一开口，就再也收不回来了，对我的反应也是不管不顾。

到了第二天，我早就把这事给忘了。傍晚查尔斯到了庄园，来向我和玛瑟琳问好。他是个英俊的小伙子，身体非常健康敏捷，体形匀称，为了见我们，他还特意穿上了最可怕的城里人衣服，居然也不显得荒谬。他有些害羞，但也只让他的气色显得更加红润。他看起来只有十五岁大，眼睛明亮，依然保持着童真。他口齿清楚，没有虚情假意，和他那啰唆的父亲正好相反。那天晚上我们谈了什么我已经忘了，我只顾忙着看他，没说什么话，大部分时间都是玛瑟琳在和他交谈。次日，我第一次没有等老波卡基来接我，自己先跑到山坡上的农场，我知道那里刚开始一项修缮工作。

修缮对象的是个池塘，很大，可称得上一个小湖，总是漏水，漏洞已经找到了，现在必须用水泥堵起来。但在此之前得先把水抽干，这事已经十五年没人做过了。池塘里满是鲤鱼和丁鲷，都躲到水底。我很想跳进去，给工人抓些鱼上来。今天的农场格外热闹，空气中涌动着不同寻常的激动，简直像个捕鱼聚会。几个孩子也从附近跑来了，帮工人们干活。玛瑟琳过会儿也一定会来。

水在我到之前已经排掉了不少。水面时时激起大波涟漪，惊恐的鱼群露出褐色的背。孩子用短桨拍打着旁边的小水坑，不间断总有些收获,一逮到鱼就扔进装满清水的木桶里。鱼儿到处乱窜,水越来越混浊,像一大碗浊汤。鱼的数量超过了我们的预期。来的四个工人,把手伸进水里随便一捞就能逮到鱼。玛瑟琳迟迟未来,我为她感到可惜,正准备跑去找她,突然听见有人大吼起来,说发现了鳗鱼。但没人能抓得住,鱼太滑,总是从手指缝里溜掉。查尔斯一直站在岸上,待在父亲身边,这时也按捺不住了。他迅速脱掉鞋袜,又脱掉外套和背心,挽起袖子和裤腿,下到水塘里,蹚了过去。我立马也跟着下去。

"嘿!查尔斯!"我冲他喊道,"昨天能赶回来,今天一定很高兴吧?"

他没说话,只是对我笑了一下,他的心思已全部放在了捕鱼上。没过一会儿,我喊他过来,帮我堵住一条大鳗鱼。我们四只手一起围堵,才把鱼抓住……之后又逮了一条。我们的脸上溅满泥点,有的地方水深,不小心脚就会突然陷下去。水齐大腿根,很快我们全身都湿了。我们激动地玩着,只偶尔说说话,喊几句。到了傍晚,我已经和查尔斯亲昵了许多,直呼起了对方的名字,却记不得我是从什么时候开始这么做的。今天一天下来,我们彼此增加了不少了解,比进行一次长达几小时的谈话了解得还多。玛瑟琳一直没出现,也不会来了。不过我对她的缺席已不感到遗憾了,我觉得如果她在场,反而会妨碍我们的兴致。

第二天,我赶去农场找查尔斯。我们二人一起向树林走去。

我不了解自己的土地,也不以为意。但我发现,查尔斯对地产和租金居然都了如指掌，让我不由得吃了一惊。他告诉我我一共有六家租户——我根本不知道——本可以收取一万八千法郎的租金，可现在只能勉强拿到一半，因为其他部分都用来支付各种修理费和中间人的费用了。他察看庄稼时露出的古怪微笑让我心生疑虑——看来土地的经营状况，既不如我想象的那么好，也不像波卡基对我说的那样好。我刨根究底地问他，发现他看待事物的实用观点和他父亲一样，但同样的品质，表现在他父亲身上就叫我气恼，而从这个年轻人身上流露出就很让我觉得愉快。我们一连几天都一起走路，把农场的边边角角都探查了一遍，之后又更系统地勘察了第二遍。查尔斯看到一些土地耕种得很糟，有的地方还堆满了染料木、蓟草和野草，便毫不掩饰自己的感情，立马表现出气愤的样子。他让我和他一起都痛恨起这种懒于耕种的行为来，还激励我想出一套更为系统化的耕作方式。

我一开始还对他说："不过经营得不好，吃亏的是谁？是租户自己不是吗？不管收成怎么样，我的租金是不变的啊。"

查尔斯有点恼了。"您什么都不知道，"他大胆地说这话，不由让我笑了出来，"您只考虑收入，却没注意到自己的资产状况正在恶化。土地如果耕种得不好，价值就会慢慢降低。"

"如果土地耕种得好，收成就大，我敢肯定他们一定会努力。我知道他们不会失去任何一个获得好收成的机会，"我说。

他又继续说道："您也没有计入人工的成本，这种田地离农场都很远，种了也不会有什么结果，多少会有点，但不会太多。"

不过至少这样不会被荒弃了……"

我们继续谈着天。有时候我们在田地里散步,能花一个小时反复讨论同一个话题。我听着学着,慢慢就懂了。

"归根到底,这都是你父亲的责任。"一天,我不耐烦地说。查尔斯脸微微一红。

"我父亲已经老了,"他辩解道,"监视房屋、维护房子、收租子,已经够他忙的了。况且他的工作也不是改革啊。"

"那换成是你,你有什么改革建议?"我又问。他又支吾起来,推说自己不懂。我不得不扭住他的胳膊,才逼他讲出看法。

"把没耕种的土地从租户手里拿回来,"他终于建议道,"既然农民能让一部分土地休耕,那就证明他们收成还好,手上有的用来给您交租绰绰有余。要是他们想保留土地,就提高租金好了。"说完他又补充了一句:"这儿的人都懒。"

我一共拥有六座农场,其中我最愿意去的是瓦尔特里农场,农场坐落在山上,可以俯视拉莫里尼埃尔,经营的农夫并不讨厌,我也喜欢和他聊天。离拉莫里尼埃尔再近一点的农场叫"家庭农场",是以半转租的形式租出去的。主人不在,一部分牲口就归波卡基了。现在我起了疑心,就怀疑起波卡基本的诚实来——即使他没骗我,那他也任由好几个人在占我的便宜。尽管他们给我保留了马匹和奶牛,但没过不久,我就发现它们的存在无非是要用我的燕麦和甘草来喂租户的牛马。以前波卡基时常向我讲些不合情理的情况,比如牲口死亡、天生畸形、患病等,我也都认了，我不知道的是，农夫但凡有一头奶牛病倒，就会算在我的账下；而凡是我的身强力壮的奶牛，就都成了他们的。查尔斯有几次不小心评论了几句，我听了也开始注意起来，慢慢就了解了情况。思想一旦警醒，很快就能弄清楚这一切。

　　玛瑟琳经我提议把全部账目都核了一遍，但没发现一处漏洞。波卡基的诚实大家都看得到。我该怎么办？只能让他继续做下去。至少现在我心里憋着气，以后会注意起牲口来，但不会表现得过于明显。

　　我有四匹马，十头奶牛，够伤我脑筋的了。其中有一匹尽管已经三岁多了，仍被大家当做小马驹，现在正接受驯服训练。我对它很有兴趣。突然有一天，驯马人对我说这马根本没法驯服，最好还是卖了。为防我心有疑虑，那人还故意让马撞坏一辆小车的前身，马腿也受伤了。

　　那天我竭尽全力才控制住自己的脾气，要不是看到波卡基尴尬的样子，我早就爆发了。心想，归根结底还是该怪他懦弱的性格，但他用心并不坏。这都是底下人的错，他们就是缺乏领导。

　　我去院子里看小马。看见一个人正在打它，他一看见我走近，就赶紧抚摩起来。我对马没什么了解，只觉得这匹挺好看。这是一匹半纯种马，眼睛明亮，鬃毛呈金色，鬃尾也是如此。我查了下，确定它没有受伤，便吩咐手下人帮它包扎一下伤口，什么也没说就走了。

　　当天傍晚，我又见到查尔斯，立刻问他觉得小马驹怎么样。

"我认为它性情很温驯,"他说,"可是他们不知道怎么照顾,最后肯定会把它变成匹野马。"

"那你准备会怎么做?"

"先生愿意把它交给我吗?就一周时间,我会为它负责的。"

"你准备怎么驯?"

"等着瞧吧……"

第二天,查尔斯把马驹牵到草甸一角,那里靠着条小溪,边上还有一棵高大的核桃树,投下一片阴凉。我去了,还带上了玛瑟琳。这次经历给我留下了十分生动的印象。查尔斯在地上打了根木桩,用一根几米长的绳子把马驹拴在上面。马驹很紧张,我们到的时候,它显然已经挣扎了一段时间了。现在它终于累了,镇定了不少,只是转着圈小跑。它的动作轻快得让人惊奇,就像在跳舞。查尔斯站在圈子中间,马每跑一圈,他就跳起一次,避开缰绳。他一直在和马说话,既是在鼓励它,也能让它保持镇定。他手里拿着一条大鞭子,但我从未看他使用过。查尔斯的动作透着年轻与活力,给驯马这个工作增添了热烈的氛围。突然,我还没看清发生了什么,他就跨到了马背上。马跑的速度慢了下来,最后停下脚步。查尔斯轻轻抚摸着马,看起来自信满满,又坐在马上大笑起来。他轻轻抓住一把鬃毛,俯下身去继续轻拍小马。马驹仅仅抬了下背,又稳稳当当地小步跑起来。动作又潇洒又漂亮,我都不由得嫉妒起查尔斯来,后悔不该把驯马这工作交给他。

"再驯个两三天,它就能习惯马鞍,也不会觉得难受了。再过两星期,它会更加温顺,到时候让夫人骑都没问题。"

他说得没错,几天之后,马驹就毫无戒备地任人抚摸了,装上马鞍,谁都能骑。要是身体状况允许,玛瑟琳也能骑。

"先生,您应该骑上试试。"查尔斯对我说。

如果只让我一个人骑,我说什么也不会干。但是查尔斯提出他可以去骑农场的另外一匹马。一想到他可以陪我,我就来了兴致。

真感谢我的母亲!小时候她带我上过骑马课,现在想来,幼年的那几节骑马课对我起到了极大作用。坐在马鞍上,我并没有感到不自在。我没过一会儿便克服了不安的心理,觉得轻松惬意。查尔斯骑得很稳当,他的骑术不错,骑得是匹杂种马,但样子并不难看。后来,我们每天都骑马出去遛遛,慢慢养成了习惯。我们喜欢在大清早出发,在挂着晶莹露珠的草地上策马奔腾,一直跑到森林边。榛子树还在滴水,我们经过时树摇晃起来,落下一阵急雨。跑着跑着,视野一下子开阔起来,我们来到了宽阔的欧日山谷,远处大海上白雾飘摇。我们停马驻足了一会儿。红日刚刚升起,迷雾便消散了。停留片刻后我们掉转马头,慢跑回去,经过农场时还停了一会儿。在这里,一天的劳作才刚刚开始,我们坐在马上居高临下地俯视着他们,觉得自己抢在工人前头活跃起来,那感觉非常好。之后又迅速离开,我回到拉莫里尼埃尔,玛瑟琳刚刚起床。

每天回家时,我仿佛已被新鲜空气灌醉,四肢有点僵硬,那美妙的疲惫感让我觉得灵魂里都散发着健康的气息,充满渴求和振奋的精神。玛瑟琳赞同并鼓励我这个新的兴致。我回来后,就直接穿着长筒马靴去看她。我带着一身潮湿的草叶气息,来到她的床边。她一直在等我,还没起床,她告诉我说她很喜欢像现在这样。于是我向她讲述我们骑马奔驰的感受,告诉她看着大地苏醒、一天劳作开始的画面。她似乎从这种生活中得到的乐趣比我还多,可没过多久,我就对她的快乐造成了伤害:我们骑马游玩的时间越来越长,我不拖到中午都不会回去。

下午和晚上的时间被我用在了备课上。工作进展顺利,我甚至考虑起了日后将成果付梓的念头。我的生活有条不紊地开展,极有规律,我也愿意一直这样保持下去。好像是出于补偿心理,我对哥特人古朴文化的兴趣越来越浓。我日后的讲课内容也在竭力肯定这种缺乏文化的状态,那大胆的观点为我招来了不少批判。尽管如此,我对出现在自己生活中这样的念头也是持努力控制的态度,甚至是竭力压制——我这样前后相悖的行为到底有多愚蠢?

两个租户的租约到圣诞节就到期了,他们跑来找我,想续约。按照习俗,只要签一份众所周知的"租约通知"就行了。但我天天都和查尔斯交谈,心里有数,态度坚决地等着他们。那两个租户自认为好农民难寻,开口便要求我降低租金。当听了我起草的《租约须知》后,他们一开始都没当回事儿。在这份租约里，我不仅拒绝降低租金，而且还要把我确定尚未被他们耕种的那几块田收回。他们听了都认为我在开玩笑；那几块地我要了能干什么？简直一钱不值——他们不耕种，就只有一个原因：那块田根本不值得耕作……接着他们见我态度认真，便执意不肯。我还是不肯让步，他们就威胁我说要走。谁知我正等着他们这句话。"好啊，要走就走！"我对他们说，"我可不会拦着你们。"我抓起租约，当着他们的面撕成两半。

最后一百多公顷的土地回到了我手里。有段时间我一直在计划让波卡基全权经营，我的想法是：这样就等于间接交给了查尔斯。我自己还想保留一部分，不过也没怎么想过该怎么运作的问题，让我心里痒痒的是蕴含在其中的风险。佃户要到圣诞节时才能搬走，在此之前，我们还有回转的余地。我把这一切告诉查尔斯，他很高兴，我见他这样，倒有些不快起来。他掩饰不住自己的心情，这更让我意识到他还很嫩。现在时间很紧——庄稼刚收割完毕，土地急需耕犁。根据老规矩，新老农民的活计必须交替进行：租约期满的租户收割完一块地，就把这块地交出。我担心那两名被我辞退的租户会借机报复，没想到情况恰恰相反。他们总对我笑脸相迎，相当配合（后来我才知道，他们这样做都是为了自身利益）。我利用这段时间，从早到晚都待在外面，在那块不久便要收回来的土地旁边转悠。初秋刚至，我得多雇些人赶快耕地播种才行。我们买好了钉齿耙、滚压器和犁铧等农具。我骑着我的马，监督、指挥人们干活，享受着发号施令的快感。

在此期间，农夫们都在附近的草场收苹果。苹果纷纷滚落到厚厚的草地上——苹果今年空前大丰收。摘苹果的人不够用，不得不从邻村请来些帮手，雇期为一周。我和查尔斯有时也忍不住帮他们干。有的人用长竿敲打树枝，震落还挂在树上的苹果；自己掉落的熟果则单独放在一边。好多苹果熟透了，都掉在高高的草丛里，就这么摔伤、摔烂了不少。草场上到处都是苹果，走路都会踩上。空气中飘荡着酸甜的气味，同翻耕的泥土气息混在一起，煞是好闻。

渐入深秋，晴好的日子不多了，但那仅剩的几日晴天的早晨却也是一年中最凉爽也最澄净的时节。有时，潮湿染得天际变蓝，那蓝蔓延得更远。我散步的范围扩大了不少，每次这样走一走，对我来说就像一次旅行。空气不同寻常的通透，天空仿佛近在手边，一抬手就能摸到。我说不清哪种天气更能让人心里充满柔情。课已基本准备完毕——至少我是这样告诉自己的，这样我好名正言顺地出去享乐。不去农场，我就和玛瑟琳厮守在一起。我们一起去花园，慢慢地散步，她懒散地靠着我的胳膊。走累了，我们就坐到椅子上，俯视着被午后阳光照耀得异常美丽的山谷。她倚靠在我肩头上的姿势十分柔美。我们就这样动也不动，不发一言，慢慢品味着，任时光渐渐融入我们的身体……我们的爱就这样学会了用沉寂包裹自身！玛瑟琳对我的爱远非言辞可以表达，就像一阵微风拂过平静水面，激起涟漪，她内心最细微的情感也会体现在脸上。她可以听见体内的骚动，那是一个全新的神秘生命。我俯身看着她,好像在看一汪深幽澄净的池水。目光所及之处,皆是爱情。噢,如果这就是幸福,我一定会用力抓住——就像用双手捧起流水,流水却只会从指缝间溜走。即便如此,我也已品尝到了接近幸福的滋味,它用秋日的色调,将我的爱情渲染得流光溢彩。

秋意一天浓过一天,每天早晨,草叶都湿过昨天,森林边缘的背阴处怎么也干不了了,在第一道晨光的照射下,它们变成了白色。水塘里的野鸭狂躁地扑闪着翅膀,时而飞起,在拉莫里尼埃尔的上空盘旋一周,甚是聒噪。一天早上,它们突然不见了,都被波卡基关了起来。查尔斯告诉我,每年秋天迁徙的时候一到,就得把它们关起来。几天之后,天气大变。一天晚上,暴风雨骤起,混杂着大海的气息,送来了北方的寒冷和雨水,送走了候鸟。我们要立马返程了——玛瑟琳的身孕、建立新居的需要和课程需求,都在急唤我们回去。恶劣的冬季即将到来,更加速了我们的离去。

到了11月份,因为农场的事我必须回去一次。我听了波卡基对冬季的安排很不高兴。他告诉我,他要送查尔斯回模范农场,可以让他多学点东西。我和他艰难地谈了好久,绞尽脑汁,想出各种理由,还是没法改变他的心意,他只做了一点妥协,就是让查尔斯缩短学习时间,提早回来。波卡基也不向我掩饰他的想法,他觉得经营两个农场相当费力。不过,他已经看中了两个农民,自觉可以信得过。到时候,他们可兼做农民、租户和劳力。

这身兼三职的事在当地还是史无前例的,他自己都不看好。但他又说,是我想这么做。这场谈话发生在10月底,11月初我们就搬到了巴黎。

 第二章

我们把家安置在帕希旁的S街,是玛瑟琳的一个哥哥帮我们找的。上次来巴黎时看过,比父亲留给我的那套大多了。玛瑟琳有些担心开销,这里房租高,住在这儿花费也会跟着水涨船高。面对她的担忧,我只好竭力假装已经厌倦了居无定所的生活,到最后我甚至劝服了自己,并故意夸大这厌倦感。没错,安置新家的花费一定会超过今年的收入,但我们今年财政状况不错,以后收入还会更多。我把课时费、书稿稿酬都算了进来——我还把农场新增的收入也一并算入,多么愚蠢啊!这样我也不想花大钱了,每项支出都等于为自己的游荡加了道羁绊,这感觉简直让我

害怕。

起初，我们每天都出去购物，玛瑟琳的哥哥也热心帮忙，没过多久，玛瑟琳就感到疲惫不堪。她需要休息，但家刚刚安顿好，客人不断上门，她疲于应付。再加上之前我们一直在外游玩，这次一安顿好，访客就蜂拥而至。玛瑟琳不善社交，既不懂如何谢绝来客，也不知道怎么才能断了他们想来探访的念头。我每天晚上一回家，就发现她已经累得不行了。对于她的倦怠我不是很担心——这是正常的——但我至少得想法让她少受点累，我便帮着她接待些客人，有时也出门替她回访。可我觉得这么做无聊透顶，对于回访更是深恶痛绝。

我向来不擅长家长里短的谈话，也不喜欢沙龙里和人装出肤浅的轻松姿态，进行什么机智对答。以前的我也经常在一些沙龙出入，现在想来，那段日子已经离我很远了。跟别人在一起时，我常感到无聊、阴郁和不合群，而且会立马觉得不自在，别人见我这样也觉得不自在……那时我只把你们当成唯一的真心朋友，可偏偏你们都不在巴黎，还要等好长时间才能回来。若换做你们，我会变得健谈起来吗？你们对我的理解也许比我自己要多吧？但这在我体内生长的东西，也就是如今我对你们讲的这些话，当时的我又了解多少？未来在我看来似乎十分稳妥，我对一切的掌控力从未有当时那么强过。

即便我当时判断力再强些，可是在休伯特、迪迪埃和莫里斯——这些和我看法相同的人们身上，我又能学到什么？我怕我很快就会意识到,希望他们能理解我是多么不现实的想法。我只同他们交流过几次,就不得不扮成伪君子,被迫演出那副他们认为我依然保持的样子,以显得不那么虚假。为了让相处容易,我还得假装成拥有他们传播给我的思想与品位的样子。一个人不可能在坦率的同时,也表现得很坦率。

我倒有点想见一见我的同事们——都是考古学家和语言学家——不过和他们一谈,就发现还不如去翻译本历史字典好点。一开始我对认识的那几个小说家和诗人还抱着希望,认为他们对生活的理解会更直接一些,但交往后发现,他们即便有这个理解力,也不会表现出来。我对他们的印象是:他们似乎不在脚踏实地地生活,做个样子就满足了,差一点就把生活当做写作的绊脚石。不过我也不能责怪他们,也不意味着错误都在我……再说,我说的生活又是什么呢?我正盼着有人能告诉我答案。大家都擅长谈论生活中发生的事情,却没人正眼看那些事情的起因。

至于那几个哲学家——根据这个头衔的定义,传授我一些智慧似乎应该是他们的工作,我早就知道不要奢望能从他们身上学到多少东西。数学家也好,新康德主义者也罢,他们都尽量避开现世的烦恼,对现世毫无兴趣,就像几何学家无视他们计算的物品一样。

回家后我来到玛瑟琳身边,丝毫不掩饰这些拜访带给我的烦恼。

"他们都一样,"我告诉她,"彼此之间没多大区别。我跟他们中一个人说话,就好像在和许多人讲话。"

"可是我的爱人,您总不能要求每个人都与众不同。"玛瑟琳这样说道。

"他们之间越像,就和我越不一样。"我悲哀地说,"他们谁也没生病。他们苟延残喘,做出在生活的样子,却不知道自己还活着。想到这点,想到我也与他们为伍,就觉得自己已经没有生活了。比如今天,我做了什么?早上9点钟不得不离开您,出门之前,只有翻看几页书的时间,这是一天里唯一的好事情。我和您的哥哥在律师那儿见面,告别了律师,他又不依不饶拉我去了地毯商店。之后又去了木匠店,一直到走到加斯顿才和他分开,我觉得他很讨厌。接着,我和菲力浦在那条街的餐馆吃了午饭,又去咖啡馆,和路易见面,和他一起听了泰奥多尔的荒谬讲座,讲座结束后我还恭维了一番泰奥多尔,为了谢绝他星期天对我的邀请,又陪他去了趟亚瑟家。于是我又和亚瑟一起去看了场水彩画展。完了再到阿贝尔蒂娜家和朱莉家送了几张卡片……我累得不行,回来一瞧:您在家接待了阿德莉娜、玛尔特、让娜和索菲,累的程度和我不相上下……现在,我把白天的所作所为回顾了一番,觉得一天光阴就这么毫无意义地打发掉了,真想让时间倒流,重新活一遍,这么想我都快哭了。"

可我却说不出我自己对生活的理解——我喜欢空气新鲜、地大天广的生活,喜欢少受拘谨,希望能少为满足别人要求而忙碌,我品尝过这种生活的滋味,但这就是让我骚动不安的简单原因吗？在我看来，真正的原因比之前经历的这些事情要更加神秘，我想，也许正是因为我曾在鬼门关走过一遭吧。在普通人之间，我成了陌生人，仿佛刚从墓地爬回来。一开始我感到不安和疑惑，但过了不久，我又产生一种全新的感觉。我之前说过，在我的研究成果广受赞誉的时候，我未感到一丝骄傲。现在看来，那种情绪莫非就是骄傲心理在作祟？也许吧，不过至少没有掺杂虚荣的成分。那是我第一次意识到自己真正的价值，那把我同世人分开、加以区别的东西才是最重要的。除了我任何人也无法言说——只有我一人能说的东西，才是最重要的。

不久我就开始授课。受讲题影响，我在第一讲中灌注了我全部的激情。谈起发展到末期的拉丁文明时，我说这种文化从人民内部出现，就好像一种逐渐增多的分泌物，开头分泌的过多，健康得过剩，之后便凝结、僵化，阻碍了思想与自然的直接接触，创造出一种表面的硬膜，掩盖了内部生命力的衰竭，就好像一个禁锢住灵魂的套子，套子内部的思想快速萎缩、凋零，最终死亡。这些想法堆加在一起，我自然地引导出结论，坚称这种文化源自于生活，又被生活扼杀。

历史学家指责我的说法太过笼统，其他人则批判我的方法有误。而那些恭维我的人，就是最不理解我的人。

讲完课后，我看到了梅纳尔克。我从来就不了解他，在我结婚前不久，他就远游做研究去了，此类研究往往会占据他一年多的时间。以前我从来都没喜欢过他——他看起来像是个自大之人,也没表露出要了解我的兴趣。今天他居然会来听我的第一讲,让我十分意外。他那傲慢的态度曾让我敬而远之,现在却吸引了我。他正冲我微笑,看起来十分具有魅力,要知道他是个不苟言笑的人。当时他官司缠身,那是一场荒唐又丢脸的官司,报纸乘机诋毁他的名誉。曾被他目中无人的态度刺伤的人也纷纷报复他。但最让他们大动肝火的是,他居然对这些负面消息不屑一顾,根本不受影响。

"必须要让他们这种人对一次才行,"面对所有的侮辱他是这样回应的。"他们什么都没有,就用这个安慰一下自己好了。"

所谓"上流社会"的人却个个怒火冲天,那些"值得敬重"的人认为必须以漠然来应对他的蔑视。而在我看来,这是他另一个吸引人的地方。我被一股秘密的力量吸引,在众目睽睽之下,走到他面前,同他亲切拥抱。

最后几个逗留在此的人看到我的谈话对象,也纷纷走了,讲堂里只剩下我和梅纳尔克。

我刚听了些恼人的批评和拙劣的恭维,现在听到他对我的讲座评论,心里宽慰了不少。

"您把自己曾极其珍视的一切付之一炬,"他说,"只怕现在这步走得稍晚了些,不过那火焰也来得更加猛烈。我还不清楚我对你了解的对不对,但你让我很有兴趣。我不喜欢闲聊,不过不介意和你说话。今晚和我一起用餐吧。"

"我亲爱的梅纳尔克,"我回答,"您好像忘记我已经结婚了。"

"哦,是啊,"他又说,"的确如此。您刚对我表示友好的欢迎,让我以为你还单身呢。"

我怕侵犯了他,又担心让自己显得懦弱,便同意吃完晚饭后再去找他。

梅纳尔克只是来巴黎拜访,住在旅馆里。住的时间并不长,他却让人整理出好几个房间,弄成一套居所。他把自己的仆人也带来了,独自用餐,独自生活。他觉得墙壁和家具庸俗丑陋,就把他从尼泊尔带回来的昂贵布匹挂上去遮住。他说,他要把布一直挂着,等脏后再赠给博物馆。我急着见他,进门时发现他还在用餐,连忙道歉。他却说:"不过我还并不想让这顿饭就此结束,相信您一定会让我吃完。您若是到这儿吃晚饭,我就会请您喝点希拉兹酒,也是哈菲兹①曾歌颂过的美酒。不过现在已经迟了,这酒一定要空腹喝才行。您愿意喝点烈酒代替吗?"

我接受了他的好意,本以为他会和我一起喝一杯,却惊讶地发现仆人们只拿来一只杯子。

"请原谅我,"他说,"我几乎从不喝酒。"

"您是怕喝醉吗?"

---

① 哈菲兹(1320—1389),波斯最著名的抒情诗人。

"哦不！"他答道，"恰恰相反。在我看来，滴酒不沾才是更具威力的陶醉，我既能沉醉其中，又能保持清醒。"

"而您却给他人提供酒水……"

他笑了。

"我总不能要求人人都拥有我的美德吧，"他说，"让他们和我共有不良嗜好已经够了……"

"您至少还抽烟吧？"

"不怎么抽了。这种享乐方式缺乏个性，是一种消极的自我沉醉，来得太容易。我想拔高生活的高度，而不是缩减。换个话题吧。您知道我是从哪儿来的吗？比斯克拉。我听说您不久前也去过那里，就想去追随您的脚步。我想啊，这个狭隘的学者、书呆子，去比斯克拉干什么？我有一个习惯，凡是别人告诉我的事，我一定会小心谨慎；而对我自己要了解的事，必须坦承，我的好奇心就没有止境了。所以只要是能去的地方，我都会去，到处问问。我的这种轻率行为还真帮了我的忙，也正是它，让我产生了再见您的欲望，我发现您已经不是我从前见到的那个迂腐的老学究了，我从来都不知道你还是……嗯，这还得由您来说。"

我的脸一下红了。

"梅纳尔克，您到底了解到我什么了？"

"您真的想知道吗？不用担心！您了解您和我的那些朋友，知道我没有可以谈论您的聊天对象。您的讲课回应声很低，这您也看到了。"

"但是，"我稍不耐烦地说，"我还看不出来您和别人比有什么好聊的。好了！您究竟打探到我什么了？"

"首先，您生了一场病。"

"那又有什么关系……"

"哦，那其实相当重要。我听说您经常一个人出去，一本书都不带——从这儿我就开始琢磨了，或者在您不是一个人的时候，陪同您的更多的是孩子，而不是妻子……不要脸红，要不剩下的我就不说了。"

"那就不要看我。"

"其中有个孩子，如果我记得没错的话，他的名字是莫克蒂尔，长得异常好看，但也是我见过最滑头的小骗子。关于您他好像有不少话要说，我就收买了他，赢得他的信任——您也知道，这并不容易。即便他声称自己没有说谎，我也没法确定……他说了点和您有关的事，您来告诉我他的话是真是假。"

说到这儿，梅纳尔克站起身来，从一个抽屉里取出一个小盒子，再把盒子打开。

"这剪刀是您的吗？"他边说边递给我一件损坏严重、锈迹斑斑的东西。我没费多少力气，就认出这是莫克蒂尔从我那偷走的小剪刀。

"没错，是我的，是我妻子以前用的剪刀。"

"他说当时房间里只有你们两个人，是他趁您回过头去的时候偷的。不过更有趣的是，他说他把剪刀藏进斗篷的时候，正好看到您在从镜子里看着他,他还瞥见了您在镜中的眼神。您看着他偷了东西,却一言不发!莫克蒂尔对您的沉默感到非常惊奇,我也一样。"

"您这番话让我也很意外,您的意思是他知道我都看到了?"

"这还不是最重要的。您想在他擅长的游戏上打败他,但说到耍诡计,那些孩子总比我们技高一筹。您以为抓住了他的把柄,却不知道是他抓住了您……不,这些都不是最重要的。请告诉我您为什么保持沉默。"

"我自己知道就够了。"

我们俩都没说话。梅纳尔克在屋里走来走去,心不在焉地点上一支烟,又立马扔掉。

"您似乎缺乏一种意识。"他继续说道,"也就是别人所说的'价值观意识'。"

"'道德意识'吧,也许是的。"我强迫自己笑了一下。

"不,只是所有权的意识而已。"

"我看到你也没有这种意识,我倒不觉得奇怪。"

"的确很少,这间公寓里什么都不是我的——甚至就连我睡觉的这张床。我讨厌安稳,东西一多,这种想法就更加激烈。心里若觉得踏实,睡觉时就会安稳。我热爱生活,更愿意活得清醒。我保留着这种不稳定的情绪,以此激励自己,这样至少能激励我的生活。我不能说我爱好冒险,但我希望能每时每刻都处在一种能要我付出全部勇气、幸福和健康的状态……"

"那您为什么要责怪我?"我打断他的话。

"哦,您误会我了,亲爱的米歇尔。我曾想表露自己的信仰,却不知那是愚蠢的举动!我不大关心别人是赞成还是反对,我也不会评价自己。这些词汇对我来说都没有意义。刚才我谈自己谈得太多了,我总是急迫地希望自己能被人理解……我只想对您说,对一个缺乏所有权意识的人来说,您似乎很富有。这就严重了。"

"我到底哪儿富有啊?"

"没什么,既然您是这种态度……不过您的态度不是挺傲慢的吗?您在诺曼底不是拥有地产吗?您不是把那豪华的家安置到帕希了吗?您已经结了婚,不是正盼着孩子出生吗?"

"好了!"我不耐烦地说,"但这只能证明我可以掌控自己的生活,用您的话说,我的生活比您的更'危险'。"

"是啊,'只能'。"梅纳尔克讽刺地说道,他突然转过身来,把手递给我。

"好了,再见,今天晚上就到此为止吧——再谈下去也不会有结果。希望以后还能再见。"

后来我有一段时间都没见到他。

我一直忙于其他事务。一名意大利学者告诉我他刚发现了一批新资料,为了讲课我必须仔细研究它们。头一讲的回应很糟糕,更激起我换个方式的想法,我必须更有力地开展接下来的讲座。我原先以巧妙的方法提出的假说，现在要冒险将其发展成一门学说。多少人的努力，就毁在别人无法理解他们用精密的话语描述的内容上。至于我，我没法诚实地说，我该在正常的论述中放入多少易于理解的内容，和多少固执的成分。我要讲述的新内容越难、阐述明白的困难越大，我就越急于讲出来。

但是跟行为一比，话语显得多么苍白！梅纳尔克的生活、他最小的举动，不是比我的讲座雄辩千倍吗？我突然明白了，古代哲学家的道德教诲中，言辞和行动具有同样的重要性，有时行动甚至大于言辞！

上次见面后过了三周，我又见到了梅纳尔克，地点是在我家。那天我们正举办一场人数众多的聚会，接近尾声时他才到。我和玛瑟琳为避免天天有人打扰，干脆在每星期四的晚上都举行一次开放式聚会，这样其他日子就可以闭门谢客了。每到星期四，我们别具一格的朋友们便纷纷上门。房子里空间足够，能同时接待很多人，聚会一直进行到深夜。现在想来，吸引他们的主要是玛瑟琳优雅的魅力，以及他们彼此交谈的乐趣。而我从第二次聚会开始，就觉得没什么好听的，自己也没什么好说的，也难以掩饰我的百无聊赖。我四处溜达，从吸烟室踱到客厅，又从前厅晃到书房，随便听听看看，至于发生了什么，根本不在乎。

安托万、艾蒂安和戈德弗鲁瓦正躺在我妻子精心设置的沙发上，讨论议会最近一次的投票。休伯特和路易乱摸着我父亲的蚀刻版画藏品。吸烟室里,马蒂亚斯把点燃的雪茄直接放在红木桌上,好更专心地听伦纳德讲话。地毯上不知被谁泼了一杯柑桂酒。阿贝尔无所顾忌地把脚搁在沙发上,而那双鞋沾满了泥污。我们呼吸的空气早被污染,到处都是他们的衣物和毁坏东西的气味……我突然产生了一股冲动,我想把这些客人通通赶走。在我看来,家具、罩布、版画,一旦被污染,就彻底失去了价值。这些污迹就像疾病带来的腐败,是死亡的象征。真希望我能保护这一切,把它们封存起来,只留给我一人独赏。我不禁想到,梅纳尔克什么都没有,他多么幸运!而我却想保护收藏,结果却让自己痛苦不堪。到头来,这一切真的有那么重要吗?……

我走到一间小房间前,这里灯光昏暗,一道玻璃门把它和外界隔开,玛瑟琳正和几个密友聊天。她半趴在靠垫上,面无血色,一脸倦容。我见了立马着急起来,心里暗下决定:这是我们最后一次接待客人了。夜已经深了,我把手伸进口袋,想拿表看看时间,却摸到了莫克蒂尔给我的小剪刀。

"他偷了剪刀,"我暗想,"可为什么又把它毁掉?难道这就是他的目的?"

正想着,有人轻轻拍了拍我的肩膀。我立马转身,一看,是梅纳尔克。

他是今晚唯一穿了晚礼服的人。他刚到,请我把他介绍给我妻子——他要是不提出来,我绝不会主动介绍。梅纳尔克举止优雅,外貌甚至可以称得上英俊。他的脸像海盗,浓髭胡,边缘灰白,一左一右垂到两边。他眼神冷峻,显示出旺盛的勇气和决断力,却缺乏仁慈和善。我刚把他介绍给玛瑟琳,就看出玛瑟琳不喜欢他。等他俩礼貌性地寒暄完毕后,我便拉他去了吸烟室。

我在那天上午刚得知殖民部长交给他一项新任务。不少报纸在刊登这则消息的同时,还顺带着回顾了一下他的冒险生涯,通篇都是拍马溜须的话,唯恐那些赞美的词句无法表达情感,似乎纷纷忘了不久前对他的毁谤。报纸大肆渲染他前几次勘察中的发现成果,歌颂他对国家、乃至对整个人类做出的杰出贡献,就好像他做这一切都只是出于人道主义动机。报刊还称颂他克己忘我、富有奉献精神,且勇猛果敢,似乎献上溢美之词也能为本报赢得同样的荣誉。

我也想向他道贺,可还没开口就被他打断了。

"我亲爱的米歇尔,怎么连您也这样?"他说,"当初您可没诽谤我啊,还是把这些废话留给报纸吧。一个声誉曾遭诋毁的人,现在居然多了不少美德,真是让人讶异。我可没法承认他们对我的认同和保留,我是一个独立完整的人,只追求自在,只要这件事能给我带来乐趣,那我就觉得可以去做。"

"这样也能带来成果。"我说。

"我当然希望如此,"梅纳尔克又说,"要是周围的人都能明白就好了。可大多数人都认为只有通过约束自身才能获得成果,他们的愉悦都是假的。人们不喜欢拿出真我,他们都选个楷模来效仿;有时连选择也掠过,只接受现成的楷模。但我认为,人的身上还有别的可取之处。可他们不敢仔细查看。'效仿法则'——我把它叫做'惧怕法则'。他们发现自己沦为一人，最后根本找不到真我。我厌恶这种精神上的旷野恐惧症，这是怯懦最严重的表现形式。人们必须在独立一人的状况下才能进行发明创造，可这儿还有谁在发明新东西？其实最难得的要属自身感到自己与他人不同的地方，那是真正赋予人价值的东西——也正是人们努力压抑的东西。他们只知道模仿，又说这才是在热爱生活！"

我让梅纳尔克继续说下去。上个月我对坞瑟琳说过一样的话，此时我理应表示同意，但不知出于什么懦弱心理，我却打断了他，重复起上次玛瑟琳说的话来，且一字不差：

"可是我亲爱的梅纳尔克，您总不能要求每个人都与众不同。"

梅纳尔克一下不说话了，他用古怪的眼神看着我。接着欧塞贝走过来道别，梅纳尔克突然掉转方向，同埃克托尔交谈起来，一副若无其事的样子。

其实话刚出口我就觉得自己很蠢，更让我后悔的是，梅纳尔克听了这话很有可能会认为我是受到了他言辞的威胁。时间已经很晚了，客人们逐一离去。客厅里基本没人了，梅纳尔克又走到我身旁。

"我不能就这样走掉，"他说，"我一定误解了您的话，至少让我留着这希望吧……"

"不，"我答道，"您并没有误解……我那话实在毫无意义，愚蠢至极，刚一出口我就后悔了。最糟糕的是，我担心我会因那句话被您列入要攻击的人的队伍里，我向您保证，我和您一样讨厌那类人，我讨厌一切循规蹈矩的人。"

"再也没有比他们更卑鄙的人了，"梅纳尔克大笑道，"他们身上一点担当都没有，所谓道德准则要求什么，他们就做什么，否则就认为自己错了。我稍一察觉到您很有可能和那些人是一样的，要说的话就不由得冻在了唇上。当时我心底泛起一股忧伤，这情绪告诉我我对您感情深厚。我希望是我弄错了——当然不是指我的感情错了，而是我对您的判断。"

"您的判断的确出错了。"

"是这样的，的确如此！"他一把握住我的手。"听着，不久我就要出发了，但是我还想和您再见一次面。这趟旅程比以往的旅行时间更长、风险更大，我不知道什么时候才能再回来。再过半个月就要走了，这里还没人知道我即将出发，我只私底下把这秘密讲给您听。明天一早我就要离开，不过我每次启程之前那一夜，心里总是焦虑不安。我能指望您陪我度过这最后一夜吗？请向我证明您不是墨守成规的人吧。"

"在那之前我们还会见面的。"我颇感意外地说。

"不会了。这半个月我谁也不见，我人都不在巴黎。明天我就去布达佩斯，一周内再去罗马。那两个地方有我的朋友，离开欧洲前，我得去向他们道别。还有一个在马德里呢……"

"好，我跟您一起度过那最后一个不眠之夜。"

"我们还可以饮希拉兹酒。"梅纳尔克说。

聚会结束好几天后，玛瑟琳觉得身体状况更差了。前面提过，她总是觉得累，却从不抱怨。我把她这种倦怠归结于她的孕体，认为这是理所当然的，也没怎么担心。我请来一名老医生，一名愚蠢——甚至可以说是无知——的医生，他说没什么要紧的，让我们放心。但后来玛瑟琳身上又出现了其他症状，她一直发热，于是就决定另请一位叫崔什么的大夫，他是众所周知的顶级医生。看到玛瑟琳后，他奇怪我为什么没有早些请他来。他做出了严格的饮食规定，说玛瑟琳前阵子就该遵循这样的规定。玛瑟琳老是硬熬着，都不想想后果。从现在起到分娩时——也就是1月底——她都必须做到脚不沾地。我敢肯定，玛瑟琳虽不肯承认，她的内心绝对比外表看起来更加焦躁。她绝对遵守那极为烦琐的医嘱，顽强地坚持着。崔什么医生给她开了几剂奎宁，但她知道这药对婴儿不好，前三天都拒绝用药。可后来发烧得更加厉害，她内心沉重，还是默许了这一切的发生，就好像放弃了对未来的希望。她放弃了宗教式的虔诚信念，那一直支撑她到此时的意志也犹疑起来。玛瑟琳的健康状况自此急转直下，几天后情况越发糟糕。

我更加精心地照顾着她，并拿崔什么医生的话竭力安慰她，告诉她，大夫认为她的病情并不严重。但她的担忧和恐惧也让我慌了神。噢，我那悬而未决的幸福啊，此时正危机重重，对未来也失去了确凿的把握！我不由得想，我这人曾沉迷于过去，而这真切的现实滋味却令我心醉，但未来也有剥夺现时魅力的能力，就像现时夺走往日的快乐一样。自从我们在索伦托度过那一夜后，我已经把我的全部爱、全部生命都交给了未来。

我答应陪伴梅纳尔克过夜的日子很快到了。一想到我要把玛瑟琳丢在家中，让她独自度过一个寒冷的长夜时，心里还是觉得不稳妥。尽管如此，我还是把我一诺千金的承诺告诉她，尽量让她理解这次约会的重要性。那天晚上，玛瑟琳感觉稍好了一点，不过我还是有点担心。幸而有一位女护士守在她床前，替我照顾她。我一离开家门，那焦虑感便变得越发厚重。我压抑着这种心理，想驱逐它却做不到，只好恨自己的无能为力。我的神经渐渐紧张起来，整个人都陷入一种异常兴奋的状态，这感觉和造成这种状态的痛苦焦虑既不同又相同，也更接近幸福的感觉。时间不早了，我迈开大步，外面大雪纷纷扬扬。我感到十分快乐——我呼吸着冰冷尖锐的空气，和寒冷作战，同寒风、黑暗和冰雪作战，这活力让我回味了许久。

梅纳尔克应该是听见了我的脚步声，立马出现在了楼梯平台上。他看起来很不耐烦，面无血色，还有点紧张。他帮我脱下外套，又让我脱掉被雪打湿的皮靴，换上柔软的波斯拖鞋。他在炉火旁边的独脚圆桌上放了些吃的。房间里亮着两盏灯，但都没炉火亮。梅纳尔克先询问了一下玛瑟琳的身体状况。我只言简意赅地告诉他她身体很好。

"你们的孩子也快出世了吧？"他又问道。

"再过一个月吧。"

梅纳尔克俯身靠近炉火，好像在遮挡自己的脸。他一言不发，沉默了好久，以致我也开始觉得有些尴尬，都不知道该说些什么。我站起身来，走了几步，又踱了回来，走到他跟前，单手放在他肩膀上，他好像在说自己的心思一样，喃喃道："人必须作出选择。关键是要弄清自己要什么……"

"你是说你不想走吗？"我问道，也摸不准他的话里的意思。

"似乎是的。"

"你会改变心意吗？"

"那有意义吗？您可以留下，和妻子、孩子待在一起……生活有千百种形式，但每人只能经历一种。嫉妒别人的幸福是疯狂的。幸福不会呼之即来，应当尽力争取。明天我就走了，我很清楚，我这是在为自己量身打造幸福……您就坚持住这来自家庭的安逸幸福吧。"

"我的幸福也是为自己量身打造的，"我高声说道，"不过我成长了，现在我的幸福紧紧勒住了我，有时候会勒得我喘不过气来……"

"哦，你会应付得来的！"梅纳尔克说。接着他直直站在我面前，凝视着我的眼睛。我也不知道该说什么好，他悲伤地一笑,又说:"我们总以为我们在占有,却不知自己早就被占有了。给自己倒点希拉兹酒吧,亲爱的米歇尔,这可不是每天都会喝到的佳酿。吃点这种粉红色糖果,这是波斯人的下酒菜。今天晚上我要和您痛饮一番,忘记明早我要离开,肆意聊天,就当这一夜永无尽头……你知道为什么如今的诗歌、哲学都缺乏活力吗?那都是因为它们通通脱离了生活。古希腊人的理想来源于生活,艺术家的生活本身就是诗意的创造,哲学家的生活应是个人哲学思想的实践。这两者都参与了生活,它们并没有互相隔绝——哲学滋养着诗歌,诗歌表达着哲学,两者相得益彰,获得了惊人的力量。但是如今美不再起作用,行为也不再追求美感,智慧只好独立存在。"

"但您的生活充满了智慧,为什么不写回忆录呢?——或者就简单点,"我见他笑了,便继续说道,"就只记录您的旅行不行吗?"

"我不喜欢回忆,"他答道,"那会提前阻碍未来的降临,并且让过去侵害到现在。我是在完全忘记昨天的前提下,才重造出一个接一个的小时。曾经的幸福绝不能使我满足。我不相信已死的东西,'不再存在'和'从未存在',在我看来都一样。"

他的话激怒了我,也大大逾越了我的思想。我很想拉住他,让他不要再前进,但怎么也想不出反驳他的论据来。与其说我是在生梅纳尔克的气,还不如说是在生自己的气。于是我继续保持沉默。梅纳尔克则像困兽一样,不停地走来走去,忽而弯腰看向炉火，忽而缄默许久，接着又突然开口发起长篇大论来：

"我们这平庸的大脑就算能保存记忆也好啊！可记忆这种东西偏偏不好保存。最精美的枯萎了，最妖娆的腐朽了，最甜蜜的日子过久了，也成了最危险的。人追悔的，往往在当初发生时都是最甜蜜的。"

一段漫长的沉默过后，他又说道："回想起来，遗憾、自责、忏悔，其实在过去它们都是欢乐。我不喜欢追忆往日，我就像振翅飞翔的鸟儿，想甩开自己的影子，把过去抛在后面。噢，米歇尔，快乐就在那里等着我们，但必须先为它腾出位置，它必须是独一无二的。哦，米歇尔，快乐都好像沙漠中的吗哪[①]，一日更比一日腐朽。又好比阿梅莱斯的泉水，柏拉图告诉我们，任何瓦罐也装不了这泉水……时间带来的一切，也都会被时间带走。"

梅纳尔克又说了很久，我无法把他的话一一复述，许多话都在我的脑海里留下了极深的印象，我越想忘记，就记得就越牢固——这并不是因为他教给了我什么新的想法，而是因为它们剥开了了我的思想。要知道我用了多少层东西才把真实想法掩饰起来，才把原有思想扼杀殆尽啊！这个不眠夜就这样流逝了。

---

① 吗哪为《圣经·旧约》中记载的一种神赐食物。上帝命令摩西率领以色列人出埃及。以色列人来到旷野，没有粮食吃。人们纷纷抱怨在旷野里饿死，还不如死在埃及。上帝听到了，决定每天早晚给他们降下吗哪，使古以色列人在旷野里存活四十年。

第二天一早，我把梅纳尔克送到火车站后就独自回家了，心里装满了对玛瑟琳深深的愧疚，对梅纳尔克那愤世嫉俗的快乐更是一肚子火。我希望他的快乐都是伪装出来的，我绝望地对其抱否定态度。让我恼怒的是，当时的自己居然无言以对；更让我生气的是，自己给他的回答很有可能让他对我的快乐与爱情产生怀疑。我握紧这毫无保障的快乐，用梅纳尔克的话说，就是牢牢握住我的"安逸幸福"。我无法驱散这种担忧，又让自己相信正是这担忧滋养了我的爱情。我把一切寄托在未来上，似乎已经看见我的小宝宝在向我微笑。我一定要加强我的意志……我怀着满满的信心，大踏步地往前走去。

唉，那天早晨我回到家，刚走过前门，就发现里面异常混乱。女护士走了出来，委婉地告诉我，昨天夜里，我妻子突然感到焦虑难当，身体剧烈疼痛起来，一算预产期还没到，但情况不妙，还是派人请来了大夫。大夫连夜赶到，到现在还没离开病人半步。想必是看到我面色惨白，女护士说着说着又安慰起我来，她说现在玛瑟琳的情况已经好转了，而且……我不由分说，连忙冲进玛瑟琳的卧室。

房间很暗，刚进去时只能看见医生，他示意我安静下来。接着我在黑暗中看见一个陌生的面孔。我满怀着焦虑，放轻脚步，来到床前。只见玛瑟琳双目紧闭，脸白得可怕，乍一看我还以为她已经死了。她没有睁开眼睛，却慢慢向我这边转过头来。那个陌生人在昏暗的角落里收拾起了东西，还藏起了个什么。我看他怀里有发亮的仪器。还有棉布。我还看见……我想我看见了一块沾满鲜血的布……我的腿一下软了,差点儿跌进医生怀里。他把我扶住。我这才明白发生了多么可怕的事。

"是宝宝吗?"我焦急地问。

大夫悲恸地耸了耸肩膀。我都不知道自己做了什么,只记得我一下扑倒在床,痛苦地抽泣着。这样的未来来得太过突然!我觉得脚下的土地似乎崩塌了,前方出现一个大洞,我踉跄着摔了进去。

我对这段时间的记忆完全是模糊的。只记得玛瑟琳在一开始的时候似乎恢复得很快。新年放假了,我可以整日陪着她。我坐在她身边,或看书或写作,有时也会大声念东西给她听。每次出门,回来时都会带花给她。还记得我患病时,她对我百般呵护,这次我也用同样深沉的爱来照顾她。她经常会笑出来,好像心情还不错。至于那件粉碎了我们希望的惨事,我们只字不提……

不久玛瑟琳患了静脉炎。过了段时间,炎症刚减轻,栓塞又发作了,一下把她拉向了死亡的边缘。那天深夜,我还记得自己当时的样子:我俯身久久地看着她,感受到自己的心脏也随着她的心跳一起,停止、跳动、停止、跳动。我热烈地看着她,就那样度过了许多夜晚,我希望能借着爱的力量,把我的生命注入她的身体!当时我已经不怎么去想幸福的事了,只要她能偶尔展露笑颜,就会为我的忧伤带来唯一的欢乐。

新学期的课又要开始了。可我哪儿来的力量备课、开课呢？……那段日子我已经记不清了，我也忘记自己是如何度过那一周又一周的时光的。不过还有一件事得告诉你们。

在玛瑟琳栓塞突发后的一天早晨，我坐在她身边，她好像有了起色，但她还是谨遵医嘱，静卧在床上——连胳膊都不能抬。我喂她喝水，喝完后我也没有离开，只是弯腰看着她。她的状况很脆弱，于是我的声音也越发轻柔起来。她用眼神示意，请我打开一个小盒子。那个盒子就在桌上，我打开来，只见里面装满了丝带、碎片和些小首饰。她想要什么？我把盒子拿到床前，把里面的东西一样一样拿出来给她看。是这个吗？还是这个？……都不是，还没找到。我觉察出她有些焦躁。

"哦，玛瑟琳，你想要这念珠啊！"她听了这话，勉强笑了起来。"你担心我不能好好地照顾你吗？"

"哦，亲爱的。"她轻声应道。我立即想到了我们在比斯克拉的谈话，想到她听到我拒绝所谓"上帝的庇佑"后对我充满担忧的责备。

我继续说，语气多少有些生硬："我完全是靠自己才好起来的。"

"我为你祈祷了多少次啊。"她的声音温柔而悲伤。我见她眼睛里流露出祈求的神色，透着深深的不安……我只好拿起念珠，放进她那只搁在胸前被单上的无力的手里。她非常感激，眼里含着泪，又充满爱意地看了我一眼，我却不知该如何应答。我犹豫了一会儿，不知道该做什么，只觉得很难过。最后，我再也受不了了。

"我出去一下。"说完，我离开这间略带敌意的房间，好像是被人赶着逃出来的。

由于栓塞的发作，玛瑟琳的身体严重紊乱，心脏排出的血块堵塞了肺，她身体的负担日益加重，呼吸越发困难，只能发出短促而沉重的喘息。病魔已经进入了玛瑟琳的体内，病症日益显著。她已经病入膏肓了。

 第三章

    天气渐渐暖和起来。课一结束，我就带玛瑟琳去了拉莫里尼埃尔。大夫说她已脱离了危险期，若想好转，最需要的就是新鲜空气。我自己也急需休息。这些日子来，我几乎彻夜不眠地陪在玛瑟琳的床边，总是过分担忧，尤其是在玛瑟琳栓塞发作时，我对她的痛苦更是感同身受。出于怜悯，我身上也产生了同样的病症，她的心脏痉挛，我也同样痛苦，就这样把自己弄得疲惫不堪，好像也跟着病了一场。

    我想带玛瑟琳去大山里，但她说最想去诺曼底，说那里的气候最适合她，还提醒我应该去看看那两座被我轻率收回来的农

场。她劝我，既然担下了这份责任，就必须向自己保证一定要搞好它。我们刚到，她就催促我去视察地产……我怀疑在她那温柔的坚持下，暗藏着巨大的自我牺牲。她怕她的疾病影响到我的情绪，让我受到束缚……但玛瑟琳的确觉得身体好了很多，脸色红润起来。看到她的笑容不再那么悲伤，我也感到莫大的宽慰，终于能离开她放心出去了。

于是我前去查看那两座农场。当时刚开始收割牧草。空气中飘着花粉和香气，如老酒一样让我沉醉。我好像已经有一年没有呼吸到这样的空气了，在这之前仿佛吸入的只有尘埃，我任由那香甜的空气涌入我的肺里，我想我真的醉了。我坐在岸边，俯视着拉莫里尼埃尔：我看见蓝色的房顶，平静的河水，新近收割完毕的田地环绕在四周，还有的地方依然长满青草。远处蜿蜒着一条小河，和去年秋天我和查尔斯一起骑马奔腾的森林。一阵歌声传来，且离我越来越近。原来是肩扛干草杈和耙子的牧草翻晒工人在唱歌。每个人我几乎都认识，这让我不愉快地想到我是这儿的主人，而不是来这儿享受美景的游人。我走上前去，对他们微笑，和他们攀谈起来，每个人都详细问了一些问题。那天上午，波卡基已经向我汇报了作物的情况。他定期都会给我来信，把这里发生的最新大小事务通通告诉我。看来这儿情况不错，高出了当初他让我期盼的水平。但还有几件重要的事情在等我作决定。几天来，我尽力打理一切，其实自己并不享受，但总算能装出忙碌工作的样子，来忘记人生的挫折。

玛瑟琳的身体渐渐好转，已经能起来接待客人。家中不失时机地来了几个朋友，他们温和而安静，这性情真是玛瑟琳需要的。有了他们陪伴在玛瑟琳左右，我出门也更方便了。我还是喜欢农场的工人与我做伴，我能从他们身上学到更多的东西——并不是来自向他们打探消息——我真的很难解释他们的陪伴带给我的欢乐，我似乎能感受到他们的感受——我们的朋友还未开口，我就知道他们要说什么，现在仅仅看到这些穷光蛋，我的心里就充满了好奇。

他们一开始回答我的问题时，都摆出一副纡尊降贵的样子。但没过多久，就都和我熟络起来。我和他们的接触越来越多，不仅跟着他们一起去工作，他们玩乐的时候我也去。我对他们迟钝的想法不是很感兴趣，只喜欢和他们一起吃饭，听他们互开玩笑，并饶有趣味地观察着他们以为快乐的事。就像玛瑟琳的心跳影响我的心跳一样，我和他们也产生了心灵感应：他们每产生一个奇怪的感觉，我的身体都会立即作出反应——这反应毫不迟钝，既精确又尖锐。我的胳臂能感觉到割草工的僵硬，看见他们劳累，自己也跟着觉得累；看到他们喝苹果酒，我也不觉得渴了。一天，有个工人在磨大镰刀，他的拇指不小心割了道很深的口子，我看见了，自己也产生了痛彻骨髓的感觉。

我观察事务依靠的似乎不仅是这双眼睛，还有触觉，这种触觉也因奇异的代入感而变得越发敏锐。

每回波卡基一在场，我都觉得不自在，不得不拿成主人的样子,我很不喜欢这样。不过我该发号施令的时候还得发号施令——必须如此——只是得按照我的方式来。我不再骑马,担心给他们高高在上的感觉。为了让他们跟我在一起时不再感到拘束,我也在努力。我对他们的隐私有着近似邪恶的好奇心。每个人的存在在我眼里都是神秘的,似乎他们将自己生活的某一部分藏了起来。我不在的时候,他们会做什么?我相信他们肯定还有别的娱乐方式,我觉得他们每人都有秘密,便下定决心要找出来。我四处闲逛,像间谍似的跟着他们。人越野蛮,我越高兴——我探进黑暗,却期待能看到一丝强光。

其中有个人特别吸引我,他个头挺高,长相英俊,算有点小聪明,但一切都靠本能行事,做的每一件事都是源自冲动。他不是当地人,纯粹因为偶然受雇才来到这儿。他总是卖力地干两天活,到了第三天就喝得半死不活。一天夜里,我偷偷溜到仓房看他,只见他躺在草堆里,烂醉如泥。我一直等在那儿,就看着他……有一天他突然走了,就像当时来的时候一样突然。我想知道他去了哪儿……当晚我听说是波卡基把他给辞退了。

我一听就对波卡基火冒三丈,赶忙派人把他叫来。

"似乎是您辞退了皮埃尔,"我责问道,"能告诉我原因吗?"我怎么也控制不了自己的情绪,他也被我的满腔怒火说得怔住了。但他还是回答了我。

"先生总不会想留着一个醉鬼吧,他可是匹害群之马……"

"留不留人还是该由我说了算。"

"他是个废物啊,先生!我们都不知道他从哪儿来的。这种人到乡下来绝做不出什么好事……说不定哪天晚上他一把火把仓房烧个精光,先生就高兴了。"

"不管怎样,那都是我的事。我隐约记得这是我的农场,我愿意怎么经营就怎么经营。以后,您要是准备解雇人,请先让我听听原因。"

之前我说过,波卡基是看着我长大的,非常喜爱我,不管我说话的口气多么伤人,他也不会当真。诺曼底农民就是这样,只要他看不出藏在一件事背后的真正原因,那他就不愿相信——换句话说,凡是和他们的切身利益无关的,他们都选择不相信。波卡基对我的反应毫不担心,只当我是一时的情绪。

但我觉我刚才对他太严厉了,不能就这样带着怒气结束对话,总想说点什么弥补一下。换个别的话题吧。想了一会儿,我开腔了:

"您儿子查尔斯很快就回来了吧?"

"我看到先生根本没问,还以为您已经把他给忘了呢。"波卡基还在生气。

"我忘记他?波卡基,我怎么会啊?去年我们一起做了多少事啊!农场有很多事我还得靠他呢……"

"先生心太好了,查尔斯再过一周就回来了。"

"太好了,波卡基,我很高兴。"说完这话,我才让他走。

波卡基说的其实不算错:我当然没有忘记查尔斯,但也没怎么想他。怎么会这样啊？原先我和他那么亲密，现在却对他毫无兴趣。看来我的品位和情趣已经和去年大不一样了。我必须承认，现在我对两座农场兴趣索然，远不如对雇工的兴趣来得大。要是我想和他们频繁往来，有查尔斯在场我就会受到妨碍。他太敏感，对我也总是毕恭毕敬。尽管往日的激动回忆在我心中回荡，但随着他的归期将至，我又有些担心。

他还是回来了。唉！我的担心并非没有道理！梅纳尔克否认一切记忆的做法也实在是正确！走进来的已不是原先的查尔斯，而是一位荒唐自大的先生，还戴着顶礼帽！老天啊！他的变化怎么那么大！我感到尴尬，但看到他喜气洋洋的样子，自己的反应也不能太冷漠。不过现在就连他的快乐也让我不舒服——那样子既笨拙又不真诚。我是在客厅里接待的他，天色已晚，看不清他的脸。灯一拿进来，我看清了他蓄起的络腮胡，就更觉得反感了。

整个晚上的谈话都十分枯燥。我得知他要待在农场，就干脆一周都没去。待在屋里埋头研究，迎接宾客。等我再次出门时，又出现了新鲜事物，让我忙碌起来。

树林里满是伐木工。在这儿，所有的木材都被分成十二等份，每年选择一块区域，进行木材砍伐，最后当做柴火卖掉。这样，每年都能提供生长了十二年的木材，和几棵停止生长的老树。

这项工作在冬季进行。合同规定，伐木工必须在春天到来前把砍倒的树木清走。但指挥砍伐的木材商老厄尔特旺不勤于工作，总拖到春天才完工。到时候，被伐倒的树木已经冒出了不少细嫩的新芽。等到伐木工再来清理，不少新苗又被毁掉了。

今年，厄尔特旺的拖拉程度远远超过我们最坏的打算。我手头没有其他买主出价，只好低价把木材卖给他。他无论怎样都稳赚不赔，也不用担心，于是工作就这么一周周地延误下来。他一会儿推托说没有劳动力，一会儿说天气不好，后来又说马匹病了，要么就是还有其他活要忙……鬼知道还有什么原因！最后盛夏都到了，一棵树都没动。

要是去年我早就大发雷霆了，今年却很镇定。无法否认，厄尔特旺的确给我造成了损失，但这荒芜的森林却蕴含着另一种美。我喜欢在这里散步，观察猎物，惊走毒蛇，有时一连几个小时坐在一根倒下的树上。树的截面长出几根绿枝，仿佛还活着。

时间很快到了8月中旬，厄尔特旺突然决定派人来干活。这一下来了六个工人，声称要在十天内完工。清理残木的地方挨着瓦尔特里农场。为了帮他们，我同意从农场给他们送饭。负责送饭的人叫布特，是个年轻人，也是个无赖，因表现恶劣刚被军队开除——恶劣的是他的思想，但他的身体棒极了。他成了我最喜欢的交谈对象，这样我不用去农场就能看到他。从那时起，我又重新出来走动，一连几天都没离开树林，用餐时才回拉莫里尼埃尔，还经常误了饭点。我装作在监视他们工作，其实只是想看那些干活的人。

厄尔特旺还有两个儿子，有时也会来帮这六个工人干活，大的二十岁，小的十五岁，他们身体修长，都是罗圈腿，脸庞很硬，像是外国人。后来我发现他们的母亲是西班牙人。我觉得奇怪：那女人怎么会流落到此？后来得知厄尔特旺年轻时到处游荡，婚是西班牙结的。由于这事，当地人见了他都皱眉。我第一次遇到厄尔特旺家小儿子时正下着雨。他独自坐在柴火堆得高高的马车上，正陷在树枝里唱歌——确切地说是在乱嚎。那歌很怪，我在当地都没听过。拉车的马认得路，不用人赶就会走。我很难用言语描述这歌给我的感觉，我似乎只在非洲听过这样的歌……小伙子充满活力，就像喝醉了一样。我从车旁经过，他都没看我一眼。第二天我才知道他是厄尔特旺的儿子。我在树林里四处游荡，希望能再见到他。伐倒的树很快就要运完了。厄尔特旺家的儿子们只来过三次。他们都很冷淡，从他们嘴里撬不出一个字。

相反布特的嘴巴倒是很大。我让他相信，他跟我在一起可以无话不谈。之后他再也不拘束了，把当地的流言飞语一股脑儿地倒了出来，我贪婪地听着。他的话超出我的预期，又把我的好奇心吊在了半空中。莫非这就是平静的表面下汹涌的暗流？或者只不过是又一层新的伪装？这些都不重要！我追着刨根究底地问，那劲头不亚于我从前研究哥特人粗糙的编年史。谜团从他故事的深渊里腾起，我不安地将其吸入，脑袋里一阵眩晕。我从他那儿得知，厄尔特旺和他女儿睡觉。我担心自己表现出一丝谴责的神情，会让他闭嘴，便挤出一个笑容，好奇地问道：

"那母亲呢？她什么都不说吗？"

"母亲！都死了十二年了……活着时厄尔特旺老打她。"

"他们家有多少人？"

"有五个孩子。大儿子和小儿子您都见过了。还有一个儿子，今年十六岁，身体虚弱，想当神父。而大女儿已经给父亲生了两个孩子……"

我渐渐了解了厄尔特旺家的其他事情：他家情况混乱，道德败坏。我竭尽自己的想象，也只能把他们家想象成一只扑在烂肉上的大苍蝇。我还得知，一天晚上，大儿子想强奸一名年轻女仆。女仆挣扎得厉害，父亲就上前帮忙，用一双大手把她摁倒在地。这一切发生时，二儿子在楼上不停地祈祷，小儿子待在一旁，边玩边看。我觉得让人难堪的倒不是强奸的事——布特说，过了不久，那女仆尝了滋味也学坏了，就开始勾引小神父。

"她成功了吗？"我问道。

"他还撑着呢，但意志力已经渐渐弱了。"布特答道。

"你不是说他还有个女儿吗？"

"她简直人尽可夫——而且完全免费。她热情劲一上来，倒贴都愿意。不过不管怎么搞，就是不能在家里，怕被她父亲发现，最好还是躲起来为妙。他说过，在自己地盘上，想怎么弄就怎么弄，那不干别人的事。就比如说皮埃尔吧，那个被您从农场开除的小伙子，也闭口不谈那事。不过有天晚上从那家出来，脑袋上都裂了条缝儿。后来她就只去庄园的树林里搞了。"

我用鼓励的眼神看着他,问道:"你做过吗?"

他假装谦虚,垂下眼帘,轻笑了几声。

"有过几次。"他说。随即又抬起眼睛,补了一句,"波卡基的小儿子也是。"

"哪个小的?"

"阿尔西德,住在农场的那个,先生不知道吗?"

波卡基还有一个儿子!听了这话我都震惊了。

"去年他还住在他叔叔那儿,"布特继续往下说,"真怪啊,先生居然都没在树林里碰过他,他差不多每天晚上都去偷猎。"

布特说到最后一句话时压低了声音,还热切地看着我。我意识到现在需要笑一下,便挤出个满不在乎的笑容。布特这才满意,继续说了下去:

"啊,先生早就知道有人在林子里偷猎。这儿有的是地方,也损坏不了什么。"

我没有表示不悦,布特胆子更大了。现在回想起来,他能捞到个让波卡基难堪的机会也是挺高兴的。后来,他领我去看了阿尔西德设的陷阱,还告诉我在边篱的哪个地方能把他逮个正着。边篱设在一个土坡上,一直延伸到坡顶,上面有个小洞。阿尔西德一般在傍晚6点左右从那儿钻进去。我和布特去了后,出于恶作剧心理也设了一个铜网套,小心地遮盖好。布特让我发誓不会出卖他,他怕受到牵连,弄好后就匆匆走了。我就趴在斜坡后面等着。

一连三个晚上，我都无功而返，我开始怀疑是不是被布特耍了。到了第四天傍晚，我终于听见一阵细微的脚步走了过来。我的心怦怦乱跳，突然明白了偷猎者心悬一线的美妙恐惧感。陷阱下得很好，阿尔西德根本没有察觉到异样，他一头迈了进去，当场就摔倒在地，腿腕被困住了。他想挣脱开来，又再次摔倒，像困兽一样挣扎着。我趁机把他逮住。这时我才看清楚他的样貌：他一脸精明，一双碧眼，头发浓密，神情还透着一丝狡猾。他不停地乱蹬，被我摁住后又想咬我，咬不到就破口大骂，那脏话我也是闻所未闻。最后我再也忍不住了，居然哈哈大笑起来。他倒怔住了，不吵不闹，直直地看着我，低沉着嗓子说：

"你把我的腿弄瘸了，你这个浑蛋。"

"给我看。"

他把长袜褪到靴子上，露出脚踝，我看到上面只有一道不显眼的粉印子。

"没事。"

他微微一笑，狡黠地说："我要回去告诉我父亲，说您在林子里设陷阱。"

"这是你的！你弄了那么多，这不过是其中一个！"

"当然了，这应该不是您下的。"

"为什么那么说？"

"您做得没那么好，让我看看您是怎么弄的。"

"那你教我吧……"

那天晚上,我拖到很晚才回去吃饭。没人知道我去了哪儿,玛瑟琳担心坏了。回来后,我也没把设了六个陷阱的事儿告诉她。后来我不仅没有责备阿尔西德,还给了他六个铜子儿。

第二天,我和他一起去检查陷阱。居然逮着了两只兔子,我开心极了。我最后当然把兔子让给了他。狩猎季还没到,他们要怎么做才能让猎物合法脱手?阿尔西德不肯告诉我。最后我才发现——还是布特透露我的——最大的收猎物的人是厄尔特旺,他的小儿子负责在他和阿尔西德之间跑腿。这不是给了我一个进一步探悉这个野蛮家庭底细的机会吗?于是我偷猎的热情越发高涨。

我每天晚上都和阿尔西德见面,我们抓了许多兔子,有次还逮到一只狍子,发现时还有生命迹象。现在一想起阿尔西德宰它时那享受无比的样子,我的身体还是忍不住一颤。我们把狍子放在安全的地方,让厄尔特旺的小儿子晚上来取。

伐倒的树木被运走了,光秃秃的森林再也无法吸引我。我甚至把注意力转移到了工作上——多么令人难过又无聊的事。上学期一结束,我就辞职了,这工作既吃力又不讨好。现在,外面哪怕只要传来一点歌声、一丝小小的骚动,我都会走神。那声音仿佛是在召唤我。我多少次丢掉书本,冲到窗口,却什么都没看见!我又多少次突然冲到门外……现在唯一能让我集中注意力的,就是通过我全部感官得来的东西。

现在天一黑——每年这时，夜幕降临的时间都会提早——我们的活动时间就到了。从前我还不知道夜色可以如此美丽，我像盗贼一样溜出门外，我的眼睛锐利得就像猫头鹰。我肆意欣赏着那在风中显得更高、更有活力的青草，和看起来更加浓密的树木。一切都被夜色淡化，地面变得遥远，目力所及，每一个地方都变得越发幽深；最平坦的小路也显得危机重重，只感觉到所有生物都在夜幕中蠢蠢欲动。

"现在你父亲以为你会在哪儿？"

"在牲口棚照看牲口。"

据我所知，阿尔西德就在那儿睡觉，同鸽子和母鸡为伍。那里晚上门会上锁，他就从屋顶一个开口爬出来，衣服上还留着热乎乎的家禽味儿……

我们一收好猎物，他连个招呼也不打，也不说声"明天见"，就像推开活板门一样，跨进夜幕，悄然消失。我知道农场里的狗走过来看是他便不会乱吠，他在回去之前，肯定要去找厄尔特旺家的小儿子，把猎物交给他。然后呢？我再怎么打听也没结果，威逼利诱都没用。我没法靠近厄尔特旺那一大家子。我也说不上来哪种做法更为可笑：是继续追踪一个不断躲开我的陈腐小秘密？还是出于强烈的好奇心去捏造那个秘密？阿尔西德和我分开后，究竟去干什么了？他真的睡在农场里吗？还是仅仅让农场主相信他睡在那儿？唉，我白白做了拖鞋，却徒劳无功，非但没赢得他的信任，反而让他对我的尊重不在，这真让我又气恼又难过……

他一消失,我就觉得孤单得可怕,只好独自回家。我穿过田野和被露水浸湿的草丛,沉醉在夜色里、荒野里和混乱的行为里,身上吸饱了泥水,沾了不少叶子。灯光从玛瑟琳的卧室透出来,就像一座温暖的灯塔,指引着我,欢迎我回到沉睡中的拉莫里尼埃尔庄园。玛瑟琳在我的言辞劝诱下相信,如果我晚上不出去走走,就没法入眠。我没骗她:我越来越讨厌我的床,宁愿睡在仓房里。

今年的狩猎收获丰盛,山兔、野兔和野鸡络绎不绝。到了第三晚,布特见一切顺利,也决定加入我们。

偷猎的第六晚,我们下的十二个铜丝陷阱只剩下了两个,白天被人一扫而光。布特向我要了一百个铜子儿,来买铜丝——他说普通铁丝做的陷阱不好用。

第二天,我看到我的十个陷阱都在波卡基家里,心里暗暗高兴,不得不称赞他对工作的热情。最叫我恼火的是,去年我答应他,找到一个陷阱,就赏他十个铜子儿。因此我又不得不再给波卡基一百个铜子儿。布特用我给的一百铜子儿买了新的铜丝。可四天后,同样的事再次上演。也就意味着,我要再给布特一百、波卡基一百。

波卡基听我赞扬他,便说:"该谢的人的不是我,应该是阿尔西德。"

"是吗!"我努力掩饰自己的惊讶——我不想把心事泄露

出来。

"是的啊,"波卡基接着说,"我能说什么呢先生?我已经老了,那事不适合我做,农场的事就够我忙的了。那孩子了解树林,主动帮我查那个地方,他人又聪明,找陷阱的本领比我强。"

"我敢打赌也是这样。"

"所以啊,先生每个陷阱付给我的十个铜子儿,我都会分五个给他。"

"我敢肯定他受之无愧!五天工夫缴了二十个陷阱!真的挺上心的,偷猎的人可得小心了,我敢打赌,他们这下能消停一阵子了。"

"哦,先生,我们查出来的陷阱越多,恐怕下得也越多啊。今年的野味价格偏高,他们损失几个铜子儿也……"

我被人结结实实地玩弄了一次,差点儿认为波卡基也是同谋。在这件事上,最让我光火的不是阿尔西德的三重交易,而是他欺骗了我!他和布特拿钱做什么用?我不知道,他们永远也不会让我弄明白。他们满嘴谎话,以骗我为乐。那天晚上,我给了布特十法郎,而不是一百个铜子儿。我警告他,这是最后一次了,陷阱要是再被弄走,那一切就都难看了。

第二天,我看见波卡基来了,满面焦虑,这让我比他更不安。到底发生什么事了?波卡基告诉我,布特天亮时才回农场,喝得烂醉如泥。波卡基刚说他两句,他就骂了不少难听的话,还扑上来打了他好几拳……

"所以我来请求您,先生,先生是否能授权,"说到这儿,他顿了顿,"给我,让我把他辞了?"

"我会想一想的,波卡基。他对您无礼,我也感到非常抱歉。让我想想……给我两个小时,之后您再来找我。"

波卡基走了。

留着布特,就等于打波卡基的脸;辞退布特,一定会引来他的报复。怎么做都不好,算了,到时候就兵来将挡水来土掩吧。要怪也只能怪自己……

于是等波卡基一来,我就对他说:"您可以告诉布特,他不用在这儿再出现了。"

之后我就默默等着。波卡基会做什么?布特会说什么?一直等到傍晚,我才略微听到点丑闻的皮毛。布特一定把什么都说了。我听见从波卡基屋里传来他的怒吼声,当即就推测出来了。小阿尔西德挨了打。波卡基一定会来看我。果然来了,我听见他那衰老的脚步声越来越近,我的心跳得厉害,比偷猎时还激烈。实在是难受啊!我必须听他说一大堆义正辞严的话,必须严阵以待。该编个什么解释来应对?我敢肯定自己承受不了!真不想扮演这个角色啊……波卡基走了进来。他说的话我一个字也没听进去。太荒唐了——我只好让他又说了一遍。最后我才听清了他的意思:他认为只有布特一个人有罪。而那个让人难以置信的事实——也就是我给了布特十法郎——被他完全略过了。为什么会这样？因为他的诺曼底脑子不允许他相信这种事存在的可能。那十法郎一定是布特偷的，他不仅偷了钱，还扯谎说是我给的。那样的谎言怎么瞒得过波卡基的眼睛……他们压根儿就没提到偷猎的事。至于波卡基打阿尔西德，那是因为他到外面过夜了。

我算是万事大吉了！至少在波卡基看来，一切都正常。布特真是个大笨蛋！那天晚上，我去偷猎的兴趣也索然了。

我本以为这一切就这么结束了，谁知只过了一个小时查尔斯就来了，看起来就来者不善。还隔着老远，我就看见他那张比他爹还无趣的脸。想到一年前……

"你好啊查尔斯，好久没见你了。"

"先生要是真那么想见我，去农场就行了。想在晚上、在树林里撞见我可不现实。"

"哦！你父亲跟你说……"

"他什么也没跟我说，因为他什么都不知道。他年纪一大把了，何必让他知道他的主人在耍他？"

"够了，查尔斯，你太过分了……"

"行啊，你是主人！想做什么就能做什么。"

"查尔斯，你清楚得很，我没有耍任何人，即使我做自己想做的事，受害的也只有我自己。"

他轻轻耸了耸肩。

"如果连您都在侵害自己的利益，我们又怎么来维护您呢？您不能既保护看林人，又保护偷猎者。"

"为什么不行？"

"因为……哦，行了，先生，跟我比您太聪明了。我只是不喜欢看到我的主人同被抓的人厮混在一起，狼狈为奸，一起破坏我们为主人做的事。"

查尔斯说着说着，愈发得理直气壮，那神态居然有几分贵族的意思。我发现他刮掉了胡须，况且他的话也的确有道理。我沉默不语。（我能对他说什么？）他又继续讲了下去：

"一个人拥有了财产，就被赋予了责任——这是去年先生教导给我的，现在您仿佛已经忘了。人必须认真履行职责，不能把它当成儿戏，否则就没有拥有财产的资格。"

两人都沉默了。

"讲完了吗？"

"是的，先生，暂时就这么多。不过如果先生再逼我，也许哪天晚上我会来通知您，我和我父亲准备离开拉莫里尼埃尔庄园。"

他深深地鞠了一躬，便往外走。

"查尔斯！"我不假思索地叫道。他说得没错，老天啊……如果拥有财产就意味着这个……"查尔斯！"我跟在他后面跑了过去，仿佛为了让我心血来潮的决定成为板上钉钉的事。我迅速说道：

"你去告诉你父亲吧，我要出售拉莫里尼埃尔庄园。"

查尔斯又严肃地鞠了一躬，一言不发地走了。

这一切真是荒唐至极。

当天晚上，玛瑟琳没有下楼来用餐，只打发了人来说她身体不舒服。我急忙上楼去她的卧室。看到她的样子我就放心了。"就是有点感冒。"她说。她以为她只是着凉了。

"你就不能多穿点吗？"

"我刚觉得冷就把披肩披上了。"

"应该在觉得冷之前就披上，而不是来马后炮。"

她看着我，勉强挤出一丝笑容。唉，我突然变成这样，也都是因为今天一开始就过得不顺吧，导致这一天都忧心忡忡的。要是她大声对我说："你真的关心我的死活吗？"我也不会像现在这样洞悉她的心思。我周围的一切都在分崩离析……我握紧我的手，却什么也抓不住……我扑在玛瑟琳身上，吻着她那苍白的前额。她也忍不住了，伏在我的肩头抽泣起来。

"哦，玛瑟琳，玛瑟琳！咱们离开这儿吧！我们可以去别的地方，我会像在索伦托时一样爱你。你觉得我变了，是吗？我们换个地方吧，你就会看清楚咱们的爱一点都没变。"

我无法治愈她的忧郁，不过，她重又紧紧地握住了那微弱的一线希望。

时节未至，天气却提前变得又冷又潮湿，最后的玫瑰花蕾还未开放，就已经枯萎。客人们早已离开。玛瑟琳还没病到没法收拾屋子的地步。五天后，我们就离开了。

第三部分

我再次想努力抓牢我的爱情。可我要这祥和的幸福到底有什么用？玛瑟琳给我的爱、她象征的幸福，就好像为一个精力充足的人提供休息。我感受到她无比倦怠，急需我的爱，我便尽情地溺爱她，并假装这么做都是我爱她的需要。我受不了看到她遭难，我爱她，是为了让她能赶快好起来。

　　哦，充满激情的温柔关爱！有人会用夸张的行为来强调和他们生命融为一体的信仰，而我也努力经营我的爱情。玛瑟琳的希望重新被点燃，她还年轻，我对她做了很多承诺。我们就好像再度蜜月一样，逃离巴黎。可旅行第一天，她的身体就不舒服了。

一到纳沙泰尔,我们就不得不停下脚步。

我爱这湖,还有那蓝绿色的湖畔!湖水像沼泽里的水一样,在芦苇间缱绻,渗进泥土里,这里真不像阿尔卑斯山地区。我在一家舒适的旅馆给玛瑟琳要了一间房间,可以欣赏这湖光山色。接着一整天都和她寸步不离。

她感觉不好,第二天一早我就从洛桑请来一位大夫。他刨根究底地问我知不知道我妻子的家族有没有结核病史,这问得实在没有意义。我不愿告诉医生我差点儿因结核病而丧命的事,而玛瑟琳在照顾我之前从没生过病。我只好说她家那边有,其实我知道一个都没。我把她的疾病通通怪罪在栓塞头上,可大夫坚持认为那只是促成她重病的一个因素,她的病已经潜伏很久了,他竭力劝我们搬到阿尔卑斯山的高处,说那里的气候有助玛瑟琳痊愈。他的提议与我的计划正好不谋而合,我渴望整个冬季在恩加丁度过。等玛瑟琳身体有了起色、能经得住旅途的颠簸后,我们就又出发了。

我记得路途中的感觉,那些感觉就像一件件大事。空气透明且寒冷;我们穿上了最保暖的皮衣……到了库尔,没想到那个入住的旅馆一晚上都在吵闹,害得我们都没合眼。我失眠还好,也不觉得累,但玛瑟琳……让我气恼的倒不是这噪声,而是它们打扰了玛瑟琳的睡眠。她多么需要好好睡一觉啊!第二天天还未亮,我们就启程了。我们提前预订了库尔邮车的包厢座,要是圣莫里兹各站之间衔接得当,我们就能在一天内到达圣莫里兹。

蒂芬加斯坦、朱利、萨马登……我们从这些地方路过,时间也一小时接一小时地过去了。那些过程我都还记得,空气和别处不一样,更为清寒;马铃声丁当响;我饿得饥肠辘辘;接着中午在旅馆稍作停顿;我把生鸡蛋打在汤里;还有黑面包和冰凉的苦酒。这些粗糙的食品都不对玛瑟琳的胃口,她什么都吃不下,就咽了几块饼干——幸亏我有先见之明,带了些饼干。我还记得落日的景象:阴影跑步般盖住山坡上的森林,接着车停下,又是一次停歇。空气越来越凛冽、清新。邮车到站后,我们一头扎进深深的黑夜,这里连寂静都显得澄明——澄明,没错,就是这个词。在这奇异的澄明世界里,最细小的声音也得到了充分的回音,被赋予了最纯正的音质。我们又连夜上路了。玛瑟琳咳嗽不断……唉,难道她就没法停止咳嗽吗?我的思绪又回到了乘坐苏斯邮车时的情景,我敢肯定我那时的咳嗽比她好多了——她咳得太费力了……她看起来那么虚弱,和以往判若两人!我坐在昏暗处,都快认不出她了。她看起来多么憔悴!两个黑洞洞的鼻孔怎么那么明显?哦,她咳得太厉害了。她当初那么精心照料我,就得到了这样的结果!我憎恨同情——所有的情绪都隐藏在同情后面,只有强者才配得到同情。噢!她真的快撑不住了!请让我们赶快到达吧……现在她又在做什么?……她拿出手帕,捂在嘴唇上,扭过头去……太可怕了!她也咯血了吗——我从她手里一把夺过手帕,在半明半暗的灯笼下检查了一下……什么也没有。我表现得太过焦虑,玛瑟琳勉强笑了,那笑容透着无尽的哀伤。她低声说道：

"没，还没到时候呢。"

最后，我们终于到了，比预计时间稍迟一点，她快熬不住了。他们安排给我们的房间实在不能让人满意。我们先住了一晚，等第二天再换。再好的房间我也觉得不够好，再贵我也不觉得贵。冬季还没开始，旅馆几乎是空的，我们可以任意挑选房间。我要了两间房，明亮宽敞，装潢简单，中间连着一个大客厅，前面是一扇弓形窗户，往外面看，只能看到一片蓝色的丑陋湖水和荒凉的山峰，山坡上的森林不是太过茂密，就是太光秃。我们决定在房里用餐。房价极高，可这有什么关系？我的教职没了，但我要卖掉拉莫里尼埃尔庄园，到时候……况且我要钱干什么？这么多钱对我有什么用？现在我的身体已经强壮了……我相信财产状况的彻底改变也会让健康状况彻底改变……玛瑟琳现在需要过奢侈的生活，她太弱了……哦，为了她我会不停地花钱，直到……我既憎恶这种奢侈生活，又乐在其中。我沉浸在感官享受中，却又渴望漫游，渴望自由。

看来我的不断护理起了作用，玛瑟琳的身体总算有了起色。她吃不下东西，我就命人为她送来合胃口的美味佳肴。我们喝最好的美酒，我很喜爱那些来自异域的佳酿，并坚信玛瑟琳也真心实意地爱上了它们。我们喝过来自莱茵的酸葡萄酒、酒劲儿冲头的托开甜葡萄酒。我记得还有一种味道古怪的酒，叫巴尔巴-格里斯卡，当时只剩一瓶了，也没法证实这怪味是否就是这种酒的特色。

我们每天都驾车出门。下雪后,便用裘皮衣服把身体裹好,一直护到脖子,再坐雪橇出去。每次回来,我的脸都红得发亮,肚子特别饿,一沾枕头就睡着。但即便如此,我也没有完全抛开学术研究,每天都额外分一个多小时来冥思那些自觉不得不说的话。历史学问题再也没来烦我。对我来说,历史研究仅是探索心理的有趣方法。我在之前说过,当我看到历史和现在出现令人不安的相似时,我便焕发出一种全新的激情。当时我冒失地相信,我可以通过质问古人,让他们向我透露和生活有关的秘密……现在即使年轻的阿塔拉里克本人死而复生,同我交谈,我也不会再听了。古人怎么会为我的新问题提供答案?人还能做什么?这正是我需要了解的。关于人本身,还有什么是忘了没说的?难道人除了重复自我,就没什么好做的了吗?……每天我都越来越强烈地感觉到,许多尚未被开发的宝藏,正隐藏在那层层叠叠令人窒息的文化、礼数和道德下。

我似乎觉得,我生来就是为了发现一切尚未被发现的东西的。对这种须在黑暗中摸索的探究,我的热衷程度越来越高,我也知道探索者为此必须抛弃一切文化、礼仪和道德。

后来每当他人展现出野性难驯的一面时,我才会去欣赏他们;当他们受到限制、不得不压迫这种个性时,我又厌恶不已。我将诚实或多或少地都当成一种约束,世俗习惯,或是令人生畏的东西。若诚实确实可贵,那我一定会加倍珍惜,但现在我们的行为举止已把它变成了一种迂腐的条约关系。在瑞士，它是造就舒适的方法。我明白这正是玛瑟琳需要的，但我并不会向她隐瞒我的新思考。在纳沙泰尔，她满口称赞人们身上的诚实品质，说诚实都能从那里的人的面孔和石块里头渗出来，我听了便反驳道：

"我自己诚实就够了，我讨厌那些诚实的家伙。即便我对他们无可畏惧，可也从他们身上学不到东西。况且他们根本没什么好说的……哦，这些诚实的瑞士人！他们的良好举止又给他们带来了什么？……他们那儿没有犯罪，却也没有历史，没有文学，没有艺术……不过是一株既无荆棘又无鲜花的粗壮玫瑰罢了。"

我知道这个诚实的国家会让我觉得无聊，这是我早就预料到的。可没想到两个月后，无聊的情绪愈演愈烈，我满腔怒火，一心只想离开。

到了1月中旬。玛瑟琳的身体又好转了，和以前比大有进步。长期消耗她体力的低烧也退了，她的脸色渐渐红润起来。她又喜欢出去走走了，但还走不远，不过已经不像以前那样容易疲劳。我没费多少唇舌，就让她相信她已经从高山空气获得了足够的好处，现在最好下山去意大利，那里正是暖和的春天，一定会让她彻底恢复。我更是轻易地说服了自己，这些山峦早让我厌烦了。

我过上了百无聊赖的日子，被我痛恨不已的往事又带着新的力量席卷而来，有的记忆在我脑海中根深蒂固——雪橇快速前进、大雪扑面而来、空气冰冷而凛冽，我蓬勃的食欲；还有在雾中跌跌撞撞地前行、被扭曲的回声、突现从雾中冒出的景物；在舒适而温暖的客厅里阅读，看着窗外的风景、冰封的大地；难以忍受地等待降雪、与世隔绝、陷入长久的沉思……哦，还有只有我们俩，那一汪纯净的小湖，被落叶松环抱，我们一起溜冰，傍晚再和她一起回去……

下山去意大利，对我来说就像疾速下落，让我头晕。这里天气极好。我们向日渐温暖浓稠的大气进发，群山里常见的冷若冰霜的落叶木与松树，也纷纷给优雅柔软的丰盛草木让路。原先抽象的生活一下子被眼前的景象替代，尽管现在还是冬季，我却似乎能闻到无处不在的香气。长久以来，我们一直沉浸在阴影里，那与世隔绝的生活让我迷醉，有人沉醉于美酒，而我却沉醉于我的干渴。之前我一直过着令人称道的节俭生活，现在一踏过这充满宽容与期许的土地的门槛，我的全部欲望齐齐爆发。储存的巨大的爱将我淹没，它从我肉体深处汹涌而起，冲入大脑，用放荡的思绪填满我的内心。

春天的假象稍纵即逝。海拔高度骤降，我一时迷糊起来。我们只在贝拉吉奥、科莫湖畔住了数日，刚一离开，就赶上了潮湿的冬季气候。我们经受得住干燥的寒冷，却无法忍受这里潮湿沉重的空气。气候对玛瑟琳的身体产生了负面影响，她又咳了起来。我们只好继续往南走，以避开这湿寒——我们从米兰赶到佛罗伦萨，从佛罗伦萨奔到罗马，再从罗马到了那不勒斯。那不勒斯的冬雨是我此生见过最为阴郁的雨。我烦躁不安，这难以言说的无趣让我压抑。我们只好又返回罗马，心想即使天气未变温暖，至少也能得到点宽慰。我们在平乔山上租了一间公寓——对我们来说太大，但坐落的地点很好。到佛罗伦萨时，我们已住够了旅馆，就在希尔斯大街租了一栋精美的别墅，租期为三个月。那地方不管谁见了，都会愿意永久居住下去……可还不到三周，我们就走了。即便如此，只要我们停下，我都会花费心思，整理好一切，好像我们永不会离开一样。一个无法抗拒的魔鬼在驱赶着我……此外，一路上我们至少携带了八个大箱子，其中一个装满了书。可在整个旅行过程中，我一次都没打开过。

我不让玛瑟琳过问我们的经济状况，也不允许她缩减我们的开销。我心里清楚，我们花钱大手大脚，这样下去撑不了多久。我已经不再指望拉莫里尼埃尔的收入了——那座庄园一点收益也没了，波卡基来信说他找不到买主。每回我一展望未来，最后都只会让我花更多的钱。我又想，就算我有那么多钱，以后要是我一个人了，又有什么用？……同时，我怀着惊恐又预料之中的心情发现，玛瑟琳脆弱生命衰竭的速度竟然比我财富消耗的速度还快。

现在她依仗我，事事都由我料理，可是持续更换住所总让她疲惫不堪。但让她更加疲惫的——如今我已经能坦然承认——是我的思想。

"我明白你的学说，"一天她对我说，"现在应该已经成了学说。毫无疑问，它也很出色。"她又压低嗓音悲伤地补了一句："不过，它未顾及弱者。"

"理应如此。"我的答案脱口而出。我感觉到，面前这个脆弱的人听了这句严厉的话，正害怕得直抖……也许你们以为我不爱玛瑟琳，我可以向你们发誓，我热切地爱着她。在我眼里，她从来没像现在这么美过。疾病让她徒增一种精致的美，一种超凡脱俗的美。我很少离开她的左右，片刻不离地照顾着她，不分昼夜地守护着她。她睡的不沉，于是我训练自己，让我的睡眠比她还浅。我总是看着她入眠，并抢在她前面醒来。有时我会去乡下或市里散一个小时的步，但出于对爱人的担忧，又怕她没了我会害怕，走不了多久，就很快又回到她的身边。有时我逼着自己的意志坚强起来，让自己对抗这种约束，我对自己说："你这个稻草人，你的价值也就这么丁点！"我强迫自己在外面多待一会儿，可每回又都会带着满怀的鲜花回去。不是花园早早开放的花，就是温室里的花……我已经说过，我视她为珍宝，可我该怎么说啊……我的自尊渐渐变少，随之增长的是对她的尊敬。谁能说得上来，一个人身上到底存在着多少激情和敌对的思想？

坏天气早已结束，季节变幻，一天杏花突然开了。那天是3月1号，早上我去西班牙广场。农民将田间雪白的杏花枝剪下，装在卖花篮里。我一见就非常喜欢，买了一大捆。三个人帮着我，把整个春天带回家来。花枝碰到门廊，花瓣像雪花一样落在地毯上。我忙乎起来，把家里的花瓶都插上花，玛瑟琳正好不在，我便把客厅布置成了白色。我期盼玛瑟琳见了后高兴的样子……我听见她走了过来，她穿过房门……她的身子踉跄地往后跌去，号啕大哭起来。

"怎么了？我可怜的玛瑟琳……"

我连忙冲到她身边，轻柔地亲吻着她的双唇。

"花香味让我难受。"她似乎是在为自己的眼泪感到抱歉。

房间里有一股若隐若现的蜂蜜甜味……我二话不说，抓起这些精细无辜的花枝，全部折断，拿出去通通扔掉。怒火让我的大脑都嗡嗡作响——唉，就这么点微不足道的春意，她就受不了了！……

我时常回想起那充满泪水的一幕，现在我想，她之所以会有那种反应，应该是已经感到自己时日不多，在为见不到更多的春天而流泪吧。我还相信，强者自有强者的快乐，弱者也有弱者的快乐，但强烈的快乐容易让弱者受伤。而现在，哪怕是一点少得可怜的欢乐，就会让她沉醉；而欢乐再稍强一点，她就受不了了。她认为的幸福在我看来不过是休息，可我最不愿意就此休息，我无法休息。

四天后，我们出发去索伦托。那里的气候一点儿也不暖，我失望透顶。那里整块地方似乎都在瑟瑟发抖，冷风就没有停的时候，玛瑟琳觉得很累。我们本想去上次旅行入住的旅馆，还预订了原先那间房间……可去了后却大失所望：这地方现在魅力顿失——我们这对爱人曾在这令人愉悦的花园里徜徉，现在在阴霾的天空下,这里显得暮气沉沉。

有人说巴勒莫天气好,我们便决定乘船前往,于是先回到那不勒斯,准备在那里登船,不过在那儿又待了几日。在那不勒斯我至少不会觉得烦闷。这是一座生机勃勃的城市,与过去割断了联系。

我与玛瑟琳寸步不离。她一到晚上精神就不行,很早就睡觉了。我看着她渐渐睡着,会先跟着躺下,但一听她呼吸均匀,猜她已经睡熟了,就蹑手蹑脚地爬起来,摸黑换好衣服,像贼一样溜到屋外。

一到外面,我就高兴得想跳舞。我要做什么?我也不知道。遮蔽了天空一整日的云朵终于散去,几近盈满的月亮明亮皎洁。我漫无目的地闲逛着,没有欲望,也没有束缚。我以全新的目光看着这一切,专心地听,一切声音都被我尽收耳内。我呼吸着夜间潮湿的空气,抚摸着一切。就这样闲逛着。

那不勒斯的最后一夜,我将这种放纵一直延续到黎明。回去后,发现玛瑟琳正在流泪。她告诉我她刚醒来,却发现我不见了。我让她镇定下来,竭力向她解释我出去的原因,并保证再也不擅自离开她。但在到达巴勒莫的当晚,我抵挡不了诱惑,又出去了……第一批橙花刚刚开放,一缕微风就能送来阵阵花香……

我们只在巴勒莫住了五天,又绕了一大圈来到陶尔米纳,我们俩都想再看看那里。我说过那座村庄坐落在高高的山坡上了吧?火车站靠在海边,我不得不先坐着马车去了旅馆,再折回车站取行李。我站在车上和车夫聊天。车夫是个从卡塔尼亚来的西西里孩子,他像忒奥克里托斯的诗句一样美丽,又像一枚果实,绚丽、芬芳和诱人。

"太太多美呀①!"他望着远去的玛瑟琳,说话的声音十分悦耳。

"你也很美啊,我的孩子。"我答道。我和他站得很近,很快按捺不住,把他拉过来亲了一下。他"咯咯"直笑。

"法国人都是情人,②"他说。

"意大利人也不是个个都可爱。③"我也笑着答道。后来几天我一直在找他,但再也找不到了。

我们离开陶尔米纳,出发前往锡拉库扎。我们正重走上一次的行程,回到爱情开始的地方。我们第一次旅行时,我的身体一周一周地复原起来,但这次我们越往南走,玛瑟琳的身体就一周周地越发恶化。我是出了什么毛病,只知道固执己见、盲目自大,居然让自己相信玛瑟琳想要痊愈,就需要更多的阳光和温暖!我为什么要提起我在比斯克拉复原的事?……其实现在的气候已经转暖,巴勒莫海湾的气候很舒服,玛瑟琳也喜欢那儿,要

---

① 原文为意大利文。

② 原文为意大利文。

③ 原文为意大利文。

是就在那住下去，她也许就……可我能为自己的意愿做决定吗？我该有什么欲望是我能决定得了的吗？

我们在锡拉库扎待了八天，海上风浪太大，发船的时间也不定。我只要不和玛瑟琳在一起，就会去下面的老港。哦，锡拉库扎的小港口！那酸酒的气味，满是污泥的小道，臭气熏天的集市，码头工人、流浪汉和醉醺醺的船员频繁光顾的地方。我发现这帮地位不高的人成了我最爱的伙伴。我不用懂他们的语言，我能用我的整个身体的感官读懂！我误将他们的肆意妄为当成是健康活力。我告诉自己，他们的悲惨生活不会像吸引他们一样吸引着我，但这样也没用……哦，我真想和他们一起喝个痛快，烂醉着滚到桌子底下，直到令人痛苦的黎明来临才醒。在他们的陪伴下，我更加厌恶奢侈安适的生活，厌恶即使我身体强壮后还像以往一样受到的照顾，厌恶那一切为把人与具有风险的生活隔离开而采取的预防手段。我想深入他们，跟着他们，了解他们醉醺醺的生活……不知怎么的，突然玛瑟琳的形象出现在我眼前。她会在做什么？忍受痛苦，也许正在受苦吧……我赶忙跳起来，飞奔回旅馆。旅馆门上似乎高挂着一块标志：禁止穷人入内。

玛瑟琳欢迎我的样子每回都差不多——一句责备或是怀疑的话都没有，不管发生了什么，她脸上都竭力挂着一副笑容。我们俩在房里用餐，我给她要了这中等旅馆能提供的最好食品。我们一边吃我一边想：一块面包，一些奶酪、一点茴香就够他们吃了——我也够了。也许就在离我不远的地方，还有人在挨饿……

餐桌上吃的东西多得很，够他们吃上三天！我真想推倒墙壁，让他们进来吃饭……我知道有人在挨饿，心里就越发地难过。后来我又去了老港，随意散发口袋里的硬币。

人穷就要被人奴役，要吃饭就得去干厌恶的工作。我想，一切没有乐趣的工作都是不应该的。我付钱让人休息，我对他们说："别工作了，你讨厌这工作。"我想让所有人都享受闲适的生活。否则，堕落没了，创造力也没了，就不会有新的东西出现。

玛瑟琳知道我的真实想法。每次我从老港回去，也不向她隐瞒自己在那儿遇见了多么低下的人。人的身体包藏一切，玛瑟琳也隐约看出，我正不遗余力地想要发现些什么。我常责备她总是相信每个人身上都存在美德，她便说："可您每回只在他们暴露出堕落行为时，才会开心。当我们把目光集中在人身上某个特质时，就会将其放大，这样我们就把他变成了我们希望看到的样子，您还不明白吗？"

我宁愿相信她这话说错了，但又不得不承认，我认为人最低劣的本能才是最真诚的。可话说回来，我的"真诚"又是什么？

我们最终离开了锡拉库扎，南方留给我的记忆和想回到那里的念头一直萦绕着我。到了海上，玛瑟琳感觉好了点……即便到了现在，我还是能看见当时大海的颜色。海面极为平静，船行驶荡开的波纹似乎会永恒存在。我听见水滴下的声音——有人在冲洗甲板，水手光着脚，踩得木板啪啪作响。我又见到马耳他白色的轮廓，突尼斯快到了……我前后经历了多大的变化啊！天气不错，气候很温暖，一切看起来都极美妙。我真希望能把收获的全部愉悦在此凝成一句句的精华……可我的生活本就缺乏条理，现在要强迫我的故事具有条理也是徒劳。我一直在考虑该怎么把我的转变告诉你们。噢，要是我能把自己的大脑从这种难以忍受的逻辑中清理出来就好！……我觉得我浑身上下毫无崇高可言。

突尼斯。这里阳光充足而不刺眼，阴影处的光线也很亮。空气就像被点亮的液体，将万物浸泡，人也畅游其中。这块土地充满愉悦，能满足人的欲望，却无法一劳永逸地让欲望平息。我的欲望也再次被激发出来。

这是一块蕴含着无尽艺术品的土地。我鄙夷那些只会欣赏已被描述、诠释出来的美的人。阿拉伯民族一定极为美妙——他们与艺术共生，歌唱艺术，却又将其一天天毁灭。他们不保存艺术，不把它化为僵硬的作品遗传下去，他们也缺少伟大艺术家。因与果便在这里……我始终认为伟大的艺术家应当这样：他们应该大胆描绘极其自然的事物，并以之为美。欣赏者看了这些作品，便会由衷地说："当时我怎么就没注意到这样的美丽？"

我从未游历过凯万，到了此地，我就一个人去看了，也没带上玛瑟琳。这里的夜色美极了，我正要返回旅馆休息，忽然想起刚看到一帮阿拉伯人，正睡在一家小咖啡馆前面的露天垫子上，便挤过去和他们一起睡。回去后还带了一身虱子。

海边的气候又湿又热，玛瑟琳身体异常虚弱。我让她相信，我们必须尽快赶到比斯克拉，去了就好了。那时正是4月初。

这是一次漫长的旅途。第一天我们一口气赶到君士坦丁。第二天，玛瑟琳累得厉害，我们只走到坎塔拉。傍晚，我们终于找到了一处一直在找的理想地方：阴凉处比夜晚的月光还要清爽，令人愉快，凉爽气息就像新鲜的泉水，源源不断地流到我们面前。我们坐在岸边，望着好像被火烧着了的平原。那天晚上玛瑟琳睡不着——周围安静得古怪，一点细微的声响也会让她惊醒。我担心她在发低烧，又听见她在床上辗转反侧。到了早上，她的脸色更加苍白。我们又出发了。

比斯克拉到了！这正是我此行的终点……是的，这里有公园，还有长凳……我正是我身体恢复初期坐过的长凳。那时我在这儿看过什么书？……荷马的！那书我以后也没有翻开过。这是我抚摸过的树。那时我多么虚弱！……看，孩子们！……不对，不是当初的那些，我一个也不认识。玛瑟琳的表情多么严肃！她跟我一样，都发生了巨大的变化。天气这么好她怎么还咳嗽？旅馆到了。这是我们住过的房间，还有平台。玛瑟琳在想什么呢？她一个字都没说。我们一进房间，她就躺倒在床。她累了，说想睡一会儿。我便自己出去了。

我不认识那些孩子了，他们却认出了我。他们提前得知我要来，都跑来了。真的是他们吗？真让人吃惊！到底发生了什么？才两年多，他们就窜得这么高了，不可能吧……这些面孔，当初阳光灿烂，洋溢着青春气息，现在却留下了辛苦劳作、好吃懒做的种种痕迹。是什么样邪恶的工作摧毁了这些曾经精致年轻的身体？现在简直成了废墟……我问了一圈，得知巴齐尔现在在一家咖啡馆里洗盘子；阿舒尔靠在马路边以砸石头为生；哈马塔尔一只眼睛瞎了。谁会相信啊？萨代克也安稳下来了，正在集市上帮他的哥哥卖面包，似乎也变成了个蠢蛋。阿吉布子承父业，当上了屠夫，人变胖了，也丑了，很有钱，不愿再和老朋友聊天……体面的差事把人都变成了一头头蠢猪！之前在老家憎恶的一切难道又会在这里上演吗？布巴凯呢？他结婚了！他还不到十五岁啊，实在是荒唐。唉，其实也不全是如此。后来晚上的时候我看到他了，他告诉我他的婚事都是假的。我一直觉得他是个徘徊不定的浪子！他喝酒，放任自流……难道这里就剩这么些东西了？生活对他们产生了怎样的影响？之前我还以为来这儿最想看到的就是他们，现在这想法真让我难受。梅纳尔克说得对：回忆就是不开心的产物。

莫克蒂尔怎么样了？唉，他刚出狱，只敢低调行事，其他人不想和他有什么瓜葛。我想再看看他，当初他是所有孩子里最俊的，他也会让我失望吗？……他们找到了他，把他带过来了。噢，没有！他还没有走样，甚至比我记忆中的还要好看。他的力量与英俊简直是完美……他认出了我，冲我一笑。

"你入狱之前做了什么？"

"什么也没做。"

"偷东西了？"

他表示不满。

"你现在在做什么？"

他又笑了。

"好了，莫克蒂尔，要是你没什么事做，就陪我们去图古尔特吧。"我一时心血来潮，想去图古尔特。

玛瑟琳身体不是很好，我不知道她在烦什么。那天晚上我一回到旅馆，她便紧紧靠着我，闭着眼睛一言不发。她把宽宽的袖筒卷起，我这才发现她的胳膊瘦得可怜。我抱着她，像哄孩子似的晃了她好久。她浑身颤抖，是因为爱情，焦虑，还是高烧？……哦，也许我们还有时间……难道我就没法停下来吗？我苦苦思索，终于发现了我和别人不一样的地方：一种邪恶的执拗。可我该怎么开口，告诉玛瑟琳我们明天要去图古尔特？……

现在她正在隔壁房间睡觉。月亮高悬在空中，月光铺满平台。明亮得可怕，照得人无处可逃。我的房间地面铺的是白地砖，月光从敞开的窗户口涌进来，显得特别清晰。即便到现在，我也记得我的房间里曾有过的光亮，和勾勒出房门的阴影。两年前，它照进来时能延伸到更远的地方——当时我睡不着，便起来了。我的肩靠在这扇门上，棕榈树当时也一动不动，就像现在这样……那天晚上，我读到了什么话？……啊，没错，基督对彼得说："趁你还年轻，想什么就干什么，想去什么地方就去什么地方吧……"我要去哪儿呢？我又想去哪儿？……我还没有告诉你们，我上次在那不勒斯时，有一天独自一人去了帕埃斯图姆……哦，我真应该对着那废墟痛哭一场！它们富有古代之美——简朴、完美，甚至还在微笑……却早被人遗弃。我的艺术正在流逝，我能感觉到它们的消失——但又被什么代替了？不管是什么，都不再像往日那样富有愉悦的和谐感……现在我也不认识我敬畏的黑暗神灵。哦，新的神灵啊，请把新的人带给我看吧，将那无法想象的美的形式展示给我吧！

第二天黎明，我们坐着邮车出发了。莫克蒂尔跟着我们，快活得像个国王。

奇加、凯菲尔多尔、迈耶……中途停靠站都沉闷无聊，这旅途也显得阴沉沮丧，好像永远也不会结束。老实说，我原以为这些绿洲会更悦人眼，没想到这儿什么都没有，只有石头、沙土和长着奇怪花朵的矮灌木丛，有时还能看到靠着隐蔽的水源栽种的零星几棵棕榈树……现在我更喜欢沙漠，而非绿洲——沙漠是个充满极端的壮美和常人无法忍受的光华的地方。这里，人工的力量显得微小而丑陋。现在任何其他地方都让我生厌。

"您爱上了非人性的东西。"玛瑟琳说。瞧她端详那些景观的样子！那目光多么迫切！

第二天，气候恶劣起来——风渐渐变大，地平线一片模糊。玛瑟琳觉得很不舒服。我们吸入的空气极其炽热，刺激着她的喉咙，光线太强，灼伤了她的眼睛。大地满怀着敌意，正蚕食着她的生命。但是现在再回去已经太晚了，再过几个小时，我们就能到图古尔特。

旅行最后一程离现在很近,可我回忆起来却很艰难。我现在已无法重现在路途的第二天中看到的景色,也想不起我在图古尔特做的事情。我唯一记得最清晰的,就是我那不耐烦又冲动的心情。

那天上午很冷。临近傍晚,沙漠地带独有的干热风又来了。这么一路下来,玛瑟琳已经筋疲力尽,一到图古尔特就立马躺倒。我本指望找一家舒适点的旅馆,却想不到我们入住的房间糟透了——日光、黄沙,还有苍蝇,一切都显得那么暗淡、肮脏和老旧。天亮后我们就没怎么吃东西,我立马点了饭菜。可玛瑟琳毫无胃口,不管我怎么劝,她都不愿意吃。我们随身带了些干粮——这些可笑的事都由我来料理——晚饭我们就吃了几块饼干,喝了点茶。这儿水不洁净,茶煮出来也一股怪味。

残存在我身上的美德让我陪着玛瑟琳一直到天黑。突然就在一瞬间,我的全部力气消失殆尽。哦,灰烬的气息!哦,懈怠啊!还有超出常人承受范围的悲伤啊!我几乎不敢看她,我知道我的眼睛不会再寻觅她的目光,反而一定会看着她那对黑洞般的鼻孔。她的表情极其痛苦,让人吃惊。她也不瞧我。我就好像能触到她的感觉一样,感受着她的痛苦。她咳得厉害,后来就睡着了,但还是会在睡梦中剧烈地抖动一下。

晚上天气可能会突变,趁还不算太晚,我想打听一下去哪儿能找到帮忙的人,便走了出去。旅馆前面是图古尔特广场和街道，气氛都诡异起来，我都不敢相信我正用眼睛瞧看着这一切。过了一会儿，我便回去了。玛瑟琳睡得很平和，我的担心都是多余的。在这块古怪的土地上，人总以为危机四伏——这太荒谬了。我放宽心，再次出门。

广场上正进行着各种奇异的动静：穿着白斗篷的人们安静神秘地走过，风时不时向耳边传来古怪的破碎音乐。有个人向我走来……是莫克蒂尔。他说他一直在等我，知道我一定会出门。他笑了，他还说常来图古尔特，对这儿了如指掌，知道该带我去哪儿，我就任凭他领着我走。

我们在黑暗中走着，进入一家摩尔式咖啡馆——音乐声就是从这里传出去的。几个阿拉伯女人在跳舞——如果这种乏味的挪步也能称作舞蹈的话。一个人拉住了我的手，她是莫克蒂尔的情人。他跟在我们后面走着……我们三人走进一间幽深狭小的屋子，里面空无一物，只有一张床——一张底矮的床，我们坐在上面。屋里还锁着一只白兔，我们的到来让它十分惊恐，但没过一会儿它就不怕了，温顺地轻咬起了莫克蒂尔的手。有人给我们送来了咖啡。莫克蒂尔玩起了兔子，这个女人则把我拉向她。我无法抵抗，就像沉入睡眠一样毫无招架之力……

噢，到了这个时候，我完全可以骗你们，或者绝口不谈这一段往事。可如果我的故事变得虚假，那还有什么意义？……

最后我独自回到旅馆，莫克蒂尔留在那儿过夜。夜已深了，干燥的沙漠热风又吹了起来——这风卷着沙子，即便到了晚上仍然酷热难当。没走几步我就汗流浃背。走着走着,我突然焦虑万分,急匆匆地跑了回去。也许玛瑟琳已经醒了……也许她正需要我?……哦,没有,她房间的窗户是暗的。我站在风里休息了一会儿才进门。我悄悄溜进那片黑暗。是什么声响?……不像她咳嗽的声音……我点上灯。

玛瑟琳身体只一半留在床上,一条瘦骨嶙峋的手臂紧紧缠着床头栏杆,支撑着她的身体。床单、双手、睡衣上满是血迹,脸上也到处都是。她眼睛大睁,那样子吓人极了。她一声不吭,却比任何痛苦的喊叫都让我害怕。我在她汗津津的脸上找到一点地方,勉强亲了一下。那汗味一直萦绕在我的唇上。我又帮她擦洗了一下额头和双颊……床边有个硬东西硌着我的脚,我弯腰捡了起来——正是在巴黎时她要我给她的小念珠,刚不小心从她的手里脱落了。我把念珠放在她张开的手上,可她的手一垂,又掉了。我不知所措,想找人来帮忙……她的手却绝望地牢牢抓住了我。哦,难道她以为我要离开她吗?她说话了:

"噢!你不能再等一会儿吗?"她见我要说话,又补上一句,"什么也不要说,一切都很好。"

我又捡起念珠,放进她的手里,可是她再次松开手,让念珠掉落——是的,她是故意那么做的。我跪在她身边,把她的手紧紧按在我的胸口上。

她向后倚去,半靠在床头,半靠在我的肩上。好像睡着了,可她的眼睛却睁得大大的。

一小时后,她又坐了起来,把手从我手里抽走,抓着睡衣,扯开镶着蕾丝边的领子。她觉得气闷。

天快亮了,她又吐了不少血……

我的故事就要讲完了,还能说什么呢?——图吉尔特的法国人墓地丑陋无比,一半已被沙漠吞没……我只剩这么一点点力气,全用在带她离开这悲惨的地方上了。她躺在坎塔拉,躺在她最爱的一座私人花园的树荫下。这一切发生距今不过三个月,感觉却像隔了十年。

米歇尔沉默了许久,我们谁也没说话,每个人都有一种莫名的担忧。我们觉得,米歇尔把他的故事告诉了我们,那这个故事就合理了。在他漫长的解释过程中,我们没有谴责他,好像成了他的帮凶,参与了整个过程。等到讲完,他的声音既没有丝毫颤抖,也没有流露出痛苦的痕迹。不知他是骄傲过分,不肯在我们面前流露痛苦,还是怕他自己流泪会让我们尴尬,更或者,他根本就没有感觉吧。至今我都难以说清在他身上,骄傲、力量、圆滑与冷漠到底各占多少。停了片刻,他继续说道:

"老实说,让我害怕的原因是我还年轻;我有时觉得自己真正的生活还没开始。把我从这里带走,给我活下去的理由吧,现在光凭我,任是一个理由也找不到,也许我已经解脱了,可又能怎样?这空洞的自由让我痛苦,我快受不了了。请相信,这并不是说我已经厌倦了自己的罪行——如果你们想这样称呼我的行为，也行。不过，我必须证明自己并没有出轨得太远。

"你们刚认识我的时候，我对自己的思想很坚持。我知道正是这种思想造就了一个真正的人，可我却不再是以前那个人了。我相信这里的气候是一个因素，这种没有间歇的蓝天对人最没有好处了。在这里我无法从事任何脑力活动。享乐紧随欲望而来。我被这里的光华和已消亡的事务包围着，走到哪儿都会遇上享乐，每个人都一成不变地沉溺在里面。我白天打个盹儿，暂时打破这里难以忍受的漫长时光，和无止的享乐。

"你们看到那儿的白色石子了吗？是我把它们放在阴凉处的。等它们凉了，我就把它们紧紧握在手心里，直到那能起到安抚作用的凉意被我吸收完了、石头热了，我再把它们放回去，换上新的握在手里。白天就这样打发掉了，夜晚随即降临……把我从这里带走吧，我自己已经做不到了。我身体里有的东西已经坏了，我都找不到离开坎塔拉的力气。被我压抑的东西会回来报复我。我想重新开始，希望摆脱我剩下的财产——你们看，这墙上的就是我仅剩的东西……在这儿我可以一无所有地生活着。一个有一半法国血统的旅店老板给我准备吃的，刚才你们看到的那个跑开的孩子会给我送过来，早晚一次，得到的回报就是几个铜子儿和一点亲昵。那孩子见了生人就害羞，和我在一起时却很亲热，像狗一样忠诚。她姐姐是乌列奈尔人，每年冬天都去君士坦丁站街卖身。那女孩非常漂亮，我来这儿前几周，还让她陪我过夜。但一天早晨,她的弟弟阿里来这儿,撞见了还在床上的我们。那孩子很生气,一连五天都没来。但他知道他姐姐是靠什么维生的——他以前给我说过,一点都没觉得烦恼……莫非这次他嫉妒了?——唉,至少最后这场闹剧已以他希望的方式收场了——我有点烦,又怕失去阿里。自发生那件事后,我再也没主动见过那女孩。她也不生气,但每次我凑巧撞见她,她都哈哈大笑,调侃我说我喜爱那小男孩胜过她。她还捏造谎话,说我待在这儿不走主要就是为了那孩子。也许她这话也不是没有道理……"